歌集

バルカン半島（BALKAN）より

やまたいち

短歌研究社

装丁　井之上聖子
日本図書設計家協会会員

目次

バルカン半島

歌集　バルカン半島より

バルカン半島

バルカン半島　二〇〇五年三月十五日―六月六日

一　セルビア

1　首都ベオグラード

町ゆきて口をあけたるビルのあり鉄骨を裂く空爆の跡

ガード下にマフラー売る人、灰色の毛糸手編みの一〇米ドルなり

畑なかの黒土に残る雪影のはだらが遠く広がりてゆき

二　スロヴェニア

1　首都リュブリアーナ

唐突にサマータイムを告げられて復活祭朝街（まち）のしずまり

橋にきて青銅の竜と対（むか）いたり火を吐くさまに口をあけたる

背丈ほどの燭台かかげ神妙に小僧立ちたる像があらわれ

禿頭（とくとう）の幼な子胸に抱きたるマリアの頭鉢すこし大きめ

石壁をたどって卓へ来る色の琥珀はふるき玻璃窓の辺から

バルカンの珠玉のごとき市（まち）に来て此岸の謎は不意に放たる

†

戦前の古い市電（トラム）を運び入れ広場に映画（シネマ）の物語はじまる

歩む人、足を留（とど）めて話す人、物を売る人みな物語り

走る人、追いかける人、自転車もやがて市電もこもごも動き

ミサを終え正教会からぞろぞろと人出で来しは物語ならず

2　ブレッド湖

みずうみの島に教会の塔みえて岸からの舟ひとを運びゆく

北側の岸辺を射して昼の陽がうすい氷を融かしはじめる

湿りたる落葉に圧(お)され紫と黄色の者らするどく叫び

†

断崖へあやしくも立つ城砦をみやりつつ鱒を手にむしりたり

生ハムの脂身の鹹(から)き肯いてハウスワインをひとつかさねき

三　クロアチア

1　首都ザグレブ

ミモザ召せ、ミモザいかがと朝市の若い売子に声をかけられ

白壁に疵ふかく残す弾跡(たま)のいまだ鮮(あたら)しき戦後十年

薄陽照る河面に群れて流れゆく水鳥のしらぬ過去をもつ町

大いなる市庁舎の鐘ひきあげてようやく還る中世の街並

昼過ぎのザグレブの町にゆくりなく「ナイーヴアート・ミュジアム」を観き

†

二人部屋シングルユースの連泊なれば値引きあるべしと逼(せま)りしが聴かざり

身にせまきベッドをたてに連ねたるツインルームの夜長かるべし

夜あけぬにしきりに鳥の声はして隣室のひと旅立つらしき

2

プーラ（アドリア海に出て）

旧時代人民食堂の名残りならん塗り青き卓にビールとパンを置き

「ピボ」というはビールのことと聴きてより巷たのしき色彩となる

テラスから海の灯火(あかり)を数えつつ杯をかさねる華やぎもあり

生ハムとチーズ盛りたる大皿に蛸トマト和えアンチョビとオリーブ

ピポ一本白ワイン一本赤一杯、猫に別れ(ダスダーニャ)を告げて帰りぬ

3

プリトヴィチェ国立公園

雪除けしバス道をゆき「湖群」なる谷の公園入口に立ち

百数うる滝と滝壺ひめし峡、雪のまにまに迷宮としてある

幾すじか滝落ち折れて乱れ散るしぶきを背(せな)に連翹花咲き

木材を組んでつらねし径（みち）にそう滝の流れは深い緑色

†

民宿（ソベ）にきて出迎えたりし女子（おみなご）は二階のTV付き部屋（ソベ）を案内

窓広く野の明るきに心許しシャワーを浴びて洗濯をする

4

スプリット（ローマ法皇の訃報来る）

入江に来、船着き場めぐる長距離バス昼の広場をすぎて止まりき

〈We have Sobe〉のボードさげたる女性たち四五人寄ってとりかこみくる

〈ロケーション最良・格安・清潔〉に、来れば車庫奥窓のない部屋

宮殿やら大聖堂やら見てのちのサンドイッチをベンチでかじり

満開の大樹に魅かれ下に立てば花蘇芳（ユダの木）無言に日蔭をつくる

春浅き石だたみ行く童子らの笛吹くを先に忽然と消ゆ

†

バチカンにパパ没せり、の報せきてオペラにわかに休演となり

法皇の逝きし朝（あした）の塔の窓ま黒き布は西風におもたし

5　ドブロブニク（アドリア海の真珠）

旧市街あたらしくなりし敷石に夕立はやくて影は流れる

列柱にアーチ架けたる一隅は人びと立ちて雨やどりなり

ここもまた砲弾の来し都なり一九九一年ユーゴスラヴィアの攻撃

雨あがり垣根につくる月桂樹(ローリエ)の黄色い小花が散り散りなりき

麻糸のレース編みした敷物を辻に出て売る黒衣の老女

宿につき遅い帰りをねぎらわる城市を出でて遠き路なり

†

下着干し昼寝しおりし一刻に春雷は来て驟雨すぎ去り

城壁をめぐれば晴れて一望の赤い瓦と碧い海がある

オードブルは生牡蠣五個に太刀魚のカルパッチョなり入江のぞみて

四　ボスニア・ヘルツェゴヴィナ

1

首都サライェヴォ

赤い屋根レンガ造りの市場街（バスチャルシア）にイスタンブールの街角おもい

横丁を入りて食堂、太い茄子にケバブつめたる一皿を食う

丘にのぼり「狙撃兵（スナイパー）通り」を見おろしき、動くものをば何でも撃ちきと

白い家バラ咲く庭の部屋を借りバスタブ半分の湯につかりたり

†

バスに乗りスナイパー通り過ぎゆけば窓ことごとく破壊されおり

イスラム人、キリスト教徒、融合か分離自治かとバルカン火山脈

橋のたもとくずれかけたる石組に第一次大戦勃発を読み

安宿(ソベ)ありとつげる女のあとをゆけばストーブの部屋にマット一枚

2

モスタル(*)への哀歌

どこまでも道にそって咲く紫の大根の花やわらかき朝

「危険」「倒壊のおそれ」と標(しるべ)あり激戦区に残るビルの幾棟

壁に散る弾痕はなはだ密なるをおののきつつも眼は背かざり

等身の大なる空虚（あな）の貫通は手榴弾跡と告げられたりき

おびただしき砲弾跡を問いたるに「タンク」と一言あとをかたらず

道行く人のかくも多くの腕（て）と脚（あし）を奪いたる独立戦争なりき

†

いま四月、南斜面の沈黙は独立に身を捨てし霊らの眠り

鳥は去り人影のなき野面なり重き魂魄へ来る夜の帷子（かたびら）

銃をとり榴弾投げし若きらの一瞬の微笑（えみ）は墓碑にのこれる

戦いを生まれ年異なる死者たちは此岸の一点「一九九三」に集いき

古より祖（おや）たちのつたえし「石の橋（スタリ・モスト）」、砲弾に壊（やぶ）れる九三年十一月

†

「橋の守人（モスタル）」はふたたび結ぶネレトヴァ河、イスラム地区とカトリック地区を

少年の胸はいま陽をうけて跳ぶ、橋の上より一転の落下

黒い猫両眼ほそめてうずくまる「一九九三ワスルナ」の石文字に倚り

（＊）一九九一年チトーの死、ユーゴスラヴィアの崩壊と同時にバルカン諸国の独立戦争は始まる。ボスニアは対セルビア戦にクロアチアと結ぶが（一九九二）、のち、クロアチアと対立し再び戦闘に入る（一九九三）。現ボスニア・ヘルツェゴヴィナ南部に位置するモスタル市は、もっとも激烈なる戦場となった。

五　モンテネグロ

1　コトール（フィヨルドのある町）

水深き入江の奥にバスは来てコトールなりと隣席の客

水の湧く谷ぞいの橋わたりゆき古い造りの家並に出でつ

窓からは二棟の屋根が立ちて見ゆ塀高き宿の二段ベッドなり

†

峠までは登らざりけり丘に来ぬ返り見すれば赤く焼く空

フィヨルドにせまる岩塊けわしくてパルチザンらの砦たりしか

海をみる暮れしばらくは耀いてアイリスの紫紺池になずみおり

終バスに村人たちの親(やさ)しかり「いずこより来し」と問いかけられき

若者らつどいくる夜のバーに居て白いワインに氷投(とう)ぜられ

六　コソヴォ

1　首都プリシュテナ

市の破壊徹底したれば復興の容易なれりと皮肉にわらう

新しき町に戦痕は残さざりメインストリートに記念碑置くのみ

市の中心プリシュテナ・ホテル無疵なり各国記者陣の宿せし五つ星

釣り仲間あつまる食堂と案内され今日の釣果の鱒の塩焼

「ブック」とはパンのことぞと教えられ人と交わる夕食があり

2　古都プリツレン

山峡（やまかい）に中世のすがたのこす町ミナレット数本するどく立てり

浅い川、二つの教えの境とし橋を渡ってひとは行き来る

教会のやぶれて厚き壁にきて触れれば石の温もりのあり

有刺鉄線とりのぞいたる始末ならん輪にしてアーチの門に捨ておき

女子大生アイスクリーム・コーン食べており、注文したればマッシュポテトが来

ユーゴスラヴィア崩壊のドラマ一連、遥かな国の遠い音となり

七　アルバニア

1　首都ティラナ

ぬかるみの都大路に足を入れ復興の槌高鳴るを聞き

双頭の鷲を刻せし赤旗と広場の午後に影ながき塔

†

地の上に煙草燐寸（マッチ）を並べいて商いの老人声高く呼ばう

双腕なき青年座して物乞えり主婦もどりきて銭を置き過ぐ

柩屋の黒光りする棺に乗り喜喜と戯る花の少女ら

「おら方はまだやるぞ！」とばかり古からぬ砲を陳列して城の博物館

ロケット砲、娘子（じょうし）軍の白兵戦、肝おもくして館（やかた）辞したり

廃物にうもれゆくかの街裏の憤りのごと林檎一樹咲き

2

戦跡のフィエル

黒ぐろとオリーブ畑にうずくまり朽ち果てもせぬトーチカの影

長き道を激戦ありし境（かい）に入りバスは六基のトーチカに向かう

ソシャリスト！　と怒鳴ればコムニスト！　と返しくる互にゆずらざり泥濘道(ぬかるみち)

イリリアの祖(おや)の築きし古い町白い石家は石の屋根を葺き

3　田園のジロカスタル

窓をあけミナレット越しに見る斜面きょう蛇縞のはだらとなりて

峰の雪しきりに溶けゆく陽射しきて葡萄畑は一色に芽吹く

城砦の崩れし跡を攀じくれば花の模様が敷きつめてあり

紫と黄色と白を咲き散らし名も知らぬ花丘くだりゆく

†
ユダの花燃えさかる里の教会に糸杉一木くらく耀い
そこぬけの青天井の中庭にひたとまながき接吻をしつつあり
日帰りに見しサランダはイオニア海、ギリシャへ渡る小さき港

4
国境の町コルチャ

ポプラ樹の道の広きを歩むとき良かりし時代の社会主義おもい
「あしたまたな」と手をばかたく握られて心残して居酒屋を去る
夜店にて「エリヤ」のイコンもとめけりベッドランプに解かん絵の謎

エリヤはも白き二馬なる火車に乗り天使をしたがえ雲駆り来たる

八　マケドニア

1　オフリド湖畔

キチン付きアパート一泊三〇ユーロ、二泊で四〇の交渉成立

ゆるやかな坂をたどりて正教会六か所訪ね夜となりたる

†

五時起きに朝一番のバスを待ち聖者ナウムの寺院めざしき

聖院の朝のまだきは閉じおればカフェーに入りてしばし暖とる

中世の聖地とされし一帯を部厚い瓦の屋根が覆いたり

堂内の壁に描きし暗い絵に羽根をもつ人浮きて群がる

石棺に黒衣のよこたう人描かれ頭巾の中の目を閉ざしおり

†

黄金に輝く光放つ影いま立ちし人へ信号を送る

湖の蒼に重ねて紺色の首長くする孔雀尾をやすめ

白い花枝をたわめて水に入る入江の流れ青くさざめき

連山は雪を残して新緑の芽吹きの先に背をよこたえる

キャンプ車を置き去りし跡「許可なくて国境に近づかず」、立札のある

2 首都スコピエ

右脚を挙げて腰引く馬の背に抜刀したるアレクサンドル

人びとはキリルの字をば使いおりギリシャ文字かと思いおりしが

貼り紙はメーデー祭の名残りなり数枚はがされ破れおりにき

胸乳ある老いにし人魚の銅像は遥か彼方をみつめる目をし

宿りせし古きホテルの真夜ちかく白毛の人を廊下に遠く見

†

僧院に柳のわたが散り飛べば五月の空気泡だちてくる

黒ぐろと光るビロード敷きつめてひなげし昼の径に散りたり

青麦の牧草地ならんこぎゆけり斜面にかくれし遺跡を遠まき

黄昏のマロニエ林をひたゆけば土地の神ふと現れるべし

九　ブルガリア

1　首都ソフィア

曇天の博物館に向いしを祝日がからんで今日明日の休み

ソフィア駅めぐりて雨の降りやまず風邪気味おして出できたりしを

山査子（さんざし）が濃い桃色に咲く季なり雨の匂いが微熱をさそう

アカシアの弁ひとひらを口にかみ酸く甘い香に慰められおり

アレクサンドル・ネフスキー寺院見ゆ赤禍を耐えて生きのこりたる

†

夕食にへそ出しルック超ミニのウェイトレスが現れたりき

イワシマリネ、ムールのトマトソースかけ、白身魚グリル、白ワイン少少

［リラの修道院］

ライラック穂群(ほむら)となりて咲き放つ紫と白の村道をゆき

細流の浅きリラ川さかのぼり菜の花畑を山の辺に入る

タクシーをやといて往(ゆ)いて来たりけり縞馬模様のリラ修道院(リラスキー・モナステル)

2

プロヴディヴ（ローマ時代の古都）

白じろと層をなしたる石席のいまだおとろえなき円形劇場

水流るる人民公園の細道を長靴の母子が傘さして過ぐ

木の間漏る雨のベンチの横に立ち不思議なる彫刻あかずながめき

五月雨のしきりにマロニエ腐ちきて靴によせれば雪のごとしも

3

カザンラク（薔薇谷の日本人）

案内所に、日本人がたくさん住んでいる、と教えられれば行きて見んとす

尋ねゆき捜しあてたるブザーを押す、うさん臭がられしがやがて開けられ

老後をば息子を呼びて二人暮らし全てが思うままならぬと母親

この冬はマイナス二〇度の厳寒に数週間の停電がつづき

暖房なく炊事もできず雪降れば道は雪積むままとなるのみ

Tという謎の人物を示しつつ、移民は殆ど全滅と語る

薔薇谷の五六七月天国と告げることばを区切りに辞し来ぬ

［トラキア族の墓］

ここの地の祖トラキア族の遺したる墳墓を見んと公園に来し

石組の古りにし地下道たどりたる最奥に櫃は納められたり

石の扉うがちたる口の楔形(せっけい)は母胎回帰を開示したるか

手に握ればかくれるほどの木の壺に薔薇の絵のある香水購(か)いき

4

ヴェリコ・タルノヴォ（森と丘と河の町）

タマリスク、オオデマリ咲く高速路を青嵐の中つきぬけたりき

楊柏に覆われし水(みず)蛇行して苔を含みて黒海へそそぐ

広場にきて長い衣装の乙女らが花の踊りにつらなりてゆき

†

室内灯消して薄明の一点に樺(かんば)しらじらぬれて佇(た)ちたり

夜の汽車鉄橋をゆく諧調は旅人の夢に遠のいて熄(き)ゆ

5 国境のルセ

陽没ちるとき白い壁もつ建物の百の窓らを赤く反(てら)せり

ふかぶかと四角い家が沈みゆき灰色のベンチに溶ける夕闇

暮れ方はいずこもおなじ子供らのブランコにのって夜は近づく

国境を越えんと一夜とどまりきドナウ近くて蚊の柱立つ

十　ルーマニア

1

首都ブカレスト

あわあわと柳絮うきたつ日のまほら赤いスカーフのジプシーが歩む

古い家具山積みとなる荷車を灰色の馬曳いて過ぎゆき

†

「人民の館」などというばかでかいチャウシェスク宮殿のツアーに入りき

地下五階地上八階の城を建て核戦争でもやるつもりだったか

広大な敷地にアンズの花咲いて部屋数三千未完の遺物

†

教会に人集いおればまぎれ入り歌をうたいて帰るたそがれ

北の駅構内に入り食堂の熱いスープとパンを楽しむ

ベッドにいて今日のひと日を想いつつ遠い市電の音をきくなり

2　ドナウ・デルタ

白い鳥大きなる魚をとらえしが飛びたちかねて顎門（あぎと）はずせり

ドナウ河木樹（きぎ）を浸して遥かなり五月中旬増水期に来る

水寄せる小島に乗用車残されり人はなにかを忘れおりにき

木の幹にひと入るほどのま洞ありこぶとり爺を不意に思いき

黒ぐろと朽木水処の奥に住む、夜は現れて呻きあうべし

陽傾き葦辺をあゆむ白鳥は子羊のようにうずくまりたり

3

スチャバ（修道院巡り）

教会をめぐるタクシー黒のタイ黒の礼服の運転手あらわる

朝の霧にかすむ四重の塔の尖小さき十字のしるしを掲ぐ

リラの花穂立てて咲ける紫の石壁にそい尼僧消えゆき

［聖ゲオルゲ教会］

燭の火が祭壇のマリアを照らすとき斬刑人ら壁に現る

天国と地獄を分ける処より羽根をもつ人あまた湧きて翔ぶ

木の梯子かぼそきに来てのぼるひと天使に落され槍に刺さるる

北方の地モルダヴィアの野にありて教会絵画衰えず遺り

聖堂の外壁いろどる絵数多く古来村人の伝え来たりし

†

幾たびか村の辻にて会いたるを人しらぬげにうなだれおりき

ＩＮＲＩと頭上に旗幟を掲げさせ人は五つの傷をあかしつ

暮れ方のひとあらぬ道をひとりして人いずこへか帰るならんや

4

トランシルヴァニア（森林高原越え）

山小屋は斜面の畑によりて立ち杏の花のおのずから添う

山なみの近づくところ針葉の緑はくらき影となるなり

いずこより入り来たりしか綿毛ひとつ列車の人はまばらとなりて

陽落ちればついに車中に人はなく木の間もみえず吾のひとり座す

ウクライナへ二キロなりという国境の静けき町のシゲツに着きぬ

5 シゲツ刑務所

名に残るシゲツ監獄街裏(まちうら)に記念館たり過去を告ぐべく

いまは白く壁を塗りたる空房は三層なして吾(あ)をむかえたり

学童ら引率されて房に入る怖れしならん手をつなぐ少女

政治犯の獄せられしは凡そ二〇〇〇、虐殺獄死五四柱

拷問の幾種か語る房ありて打つ突く吊す電気を通す

懲罰房窓なく暖なくベッドなくただ暗黒に放置するのみ

文化人ら多く投じき反りては独裁の己が根を断つ因となる

慰霊堂めぐる壁面のいしぶみに獄されし全員名を刻みたり

†

バルカンの貧困・抑圧・殺戮は一九四五年を境にはじまり

二十世紀社会主義的崩壊はトランシルヴァニア一角からくる

八九年革命をコムニストの罠だともマフィアの陰謀とも聞くカフェの一隅

しのびよる破綻の予感かいまナチス乃至チャウシェスクを懐しむ人あり

雪ふかき森林地帯の春を呼ぶナマハゲに似し人形をみる

6 サプンツァ（絵の墓標、木の教会）

浮き彫に彩色をして作りたる墓標の遺影に人柄はしのばれ

キッチンにフライパンもち卵焼くスカーフ姿のママが居るなり

バイオリンとバラライカ左右に奏でさせ黒いチョッキが陽気に踊る

自転車に乗って手を振り笑う人、車に撥ねられ逝きし人ある

羽根生えしパンティ姿がハートから蘇りくるを微笑む父母（ちちはは）

†

森の間に尖塔みせて背の高き教会はすべて木に作られり

木片を魚鱗(うろこ)のごとく形どりて屋根に葺いたる教会あかるし

中世の薄明に生きし信仰を今に伝える森と野辺の地

†

大鎌の野にきらめけば風立ちて斬首の者ども散り散りに飛ぶ

大鎌は水辺にありて休みたり掬うがごとき一振りののち

7 シビウ演劇祭

早朝のマイクロバスに出でたりしが山の坂にて車エンコなり

若者らと三時間ほど待つ会話にシビウ国際演劇祭を知る

駆けつけし劇場すでに開幕なり、『オイディプス王』を見逃したりき

翌日は地元ルーマニア劇団の『オセロ』ときいて前売券を買う

†

オセロをば謀略せしは一連のマフィアとソヴィエト幹部なりにき

オセロの最期哀しく教会のロープに首つり鐘鳴らしつづける

招待作韓国からの『ハムレット』、異色演出とありて人びとの期待

児童・妊婦・高齢者へ通告が、「推薦できず（ノット・リコメンデド）」と黄色の貼り紙

無言劇、全裸のオフェリア・ハムレット現れて長きセックスシーンあり

ここの地はイヨネスコの出でし祖国なれば主役のコトバは常に疎外され

蒼い月の公園をぬけバーもなき裏道をひとり疲れてもどる

8

ブラショフの吸血鬼

駅ホームに立つは名物客引きのマリアならんと近づいて話す

寝室に客間・キッチン・バス・トイレ付、一泊二〇ユーロは格安なれり

ほど近い集合住宅の一室に来て、所有者は妹と告げられる

†

早朝のドアをたたくは家主なり洗濯・買物の御用うかがい

リンゴ・ナシ枝をひろげて花のある公園昼の道とおりゆく

ブラン城へドラキュラ公の本拠をばたずねて野外マーケットに入り

人を捕え生血を吸うという人鬼、大蒜(にんにく)を忌むと伝えのありき

絵はがきを一帖買って丘の上の城めざす人につらなりて行く

†

トルコ兵を串刺しにせし残虐の鬼の真相ここに明かさる

オトマンの桎梏脱せんと戦いしドラキュラ公は超愛国者なりき

9　ブカレスト帰還

ブカレストのディダはブラショフのマリアの友人…北駅に待ち手を振りておる

ソベに来てTVありしが映らざりバスタブはあるがシャワーのみなり

チャウシェスク亡きあとの生活ことごとにこんな風なの、と家主のなげき

ユニヴァシティ広場へゆきてガラス屋に複製ガレの壺三個買い

坂のある市電通りは手をつなぐ男女の多き繁華街なり

バザールのイチゴ赤黒く熟したり一キロ買ってジャムをつくらん

イチゴジャム作り方をば尋ぬれば手伝いましょうと言いくれしかな

†

美しき教会いくつかたどりゆく旧き道あり旅のおわりに

正教の祈りの歌はひびかいて聖体拝領へ式はうつりぬ

バルト三国

バルト三国　二〇〇九年五月十六日―六月二日

一　リトアニア

1　首都ヴィリニュス

十字架をかかげて聖なる城の口、旧市へ通ずる「夜明けの門」は

城壁と教会ともに塗りかえて刷毛で掃いたる化粧の姿

［バロックの教会］

十字架に縋りて聖母頬よせる上方にイエス小さく架かれり

手をのべるマグダラのマリア衣装白く少しはなれてヨハネの祈り

穴二つ虚ろなる眼の髑髏ありて蛇の添う影おぼろに見ゆる

†

木の壁の傾く長屋ひと住みて紫のリラ咲き乱れおり

［ヴィリニュス大学の壁画］

大学の廊に描かるフレスコ画「四季」をたずねて午後遅くゆき

花と咲きやがて稔りとなるものを大鎌に薙ぎゆく季節あり

†

真青なる天空にむけ宙返る若者の下方に花殻の柵

麦わらを身にまといたる若者の小鎌を翳せばながいものが寄る

枯れた木の枝に縄つけ幼童は小獣とともに引き倒しおり

巨きなる手は三重の影となり、丘に集めて牛・家鴨・狼

白布(しろぬの)を眼に覆いして若者ら歩みゆくのか踊りおるのか

晩秋に星降る空は霜を秘し時のめぐりに身をゆだねたり

ヒトらみな身に一糸をも纏わぬに鳥・獣らは羽・毛を身につけ

生命の樹は天井に枝を張り逆さまに行き来するヒトの裸身(はだかみ)

2

カウナス

［杉原千畝(ちうね)記念館］

丘にたつ杉原記念館おとずれてかつての日本領事館なり

ユダヤ人に発禁されたる日本ビザ出しつづけたる領事官ありき

日本国ビザ持ちし者にシベリア越えアメリカ入りの道はひらかれる

大戦に日日酷となるポーランド脱してリトアニアへ流れるユダヤびと

一九四〇年、独ソ開戦前年は第二次大戦激化の兆

カウナスよりソ連・満州・日本経由に逃れし人の凡そ六千

†

中世の交易栄えし河ぞいにハンザ都市の名カウナスは残る

［悪魔の博物館］

街並を出でたる森の近くゆき「悪魔の博物館」を見いだしたりき

一角のスターリン笑む胸像の悪魔の嗤いに喩えられしか

日本より贈られたりし魔のありて「テング」と銘を記されており

身体の一部傑出したる者を悪魔と呼ぶは古来のならわし

［民族生活博物館］

十字架の主柱に小部屋とりつけて人形ら住む農道に来つ

ひからびしイエスを己が膝におき胸（ハート）に七剣うけたるマリア

リトアニア民族生活博物館、野外にとりどり古民家をあつめ

夏草の生いたる道にリラの庭、梁をもつ家いくつかのこる

†

村人のトラクターに声かけられ駅ちかくまで送られたりき

五月半(なか)はやくも白夜の気配なり二十一時の空暮れなずむ

3

クライペダ

［琥珀の道］

ロシア領カリニングラードからラトヴィアへ四一八キロを「琥珀の道(アンバー・ロード)」と名付け

砂浜にうちあげられし中世の琥珀の輝(て)りを「バルトの黄金(きん)」と呼ぶ

白砂に嵐すぎたる朝(あした)きて樹液の金を漁(いさり)する人

†

バルト海に面したる町(まち)長大な礁(ラグーン)の内に良港をもち

大戦時ナチス潜水艦基地となりやがて連合軍に潰滅せられき

［琥珀博物館］

葦生うる径をたどりて転覆の小舟埋もれし腹(はら)踏みてゆく

白砂へよせくる波の長浜に草の間をわけ歩みいでたり

宮殿に造りたる市の博物館バルトの秘宝蔵せし二万点

沿岸の樹液百万年に石化して固体は琥珀の名に賞せられ

半透明なる化石の中に込められし小型の昆虫、蝿・蚊・黄金むし

風光の明媚うたわれしパランガに琥珀博物館訪ねゆきけり

†

隣接にかつての琥珀製作所のこりて彫刻・遊具売らるる

いにしえの貨幣なりにしバルトの金いま装身具として男女を飾り

4

シャウレイ（十字架の丘）

麦畑を緑の風が吹きぬけて針山のごとき丘現れり

くずれたる石段たどりゆくままに十字の標(しるべ)無数に立ちて

†

手をひろげ台座に高き聖人の白い姿にみちびかれ歩む

木製も金属製も、大なるも微小なれるも飾られて立ち

十字架は十字架に架け飾られて、更なる大の十字架に着く

シベリアへ流されたりし抑留者十字架となりて此処に帰り来

海外へ出でし移民の十字架にもどりたる多く此処に立ちたる

†

ソ連軍ブルドーザーに来て針山を崩さんとせしが果たせざるなり

たびかさなるソ連の試みにサボタージュもち抗せしと伝えられおり

丘に植える十字架を造り、彫り飾る職人の技いまにのこれる

ニューヨーク・ツインビルの襲撃後、テロ犠牲者を悼む場となり

†

公園の朝の緑にかこまれし木の間をぬけてバス・ターミナル

シャウレイからラトヴィアの首都リーガへ行く一直線のハイウェイなり

二　ラトヴィア

1　首都リーガ

昼近くターミナル着、ロッカーに荷を置き中央市場へきたり

色どりもあざやかにならぶ野菜などウクライナから運ばれる由

豚の顔すこし笑いて客を待つ生鮮食品売り場を通り

立食に注文したるボルシチはコンニャクなしのわれらが肉ジャガ

露地に売る果物の籠にイチゴとウリ、花屋はスズラン・ライラックの束

［白鳥の湖］

名門リーガ・オペラハウスの入場券を入手したりき、二階席七〇〇円程

ビヤ・バーで軽食とりて夕刻の明るい道をオペラへむかう

「白鳥の湖」幕あけ一面にドライアイスの霧立ちこめる

ひと群の白鳥しだいにあらわれてしばしは拍手鳴りやまずあり

旧共産圏舞台芸術の盛んなり、カーテンコールに国立劇場を出でき

ユーロ加盟後のホテル・レストラン急騰なり、公共料金をほぼ据えおきて

［被占領博物館］

十五世紀ギルド館のファサードに月・日・時・月齢を刻む大時計

市庁舎へむかう広場の左手にラトヴィア「占領被(され)し博物館」はあり

ポーランド、スウェーデン、ロシアそしてドイツ、大国の勃興がこの国の悲劇

己が国占領されし歴史をば記念にのこす民族のある

†

ラトヴィア人受けたる傷を物語る遺物のなかに強制収容所(ラーゲリ)はあり

シベリアに抑留されし労働者住まいし木造の小屋再構され

板張りの上下二段に夜具を敷きすし詰となり寝たるものなり

東方に大国たりし権力者つぎつぎ強制労働者を送り込み
帝制ロシアを「諸国民の牢獄」と呼び、ソヴィエト＝ロシアは「墓場」と呼ばる
大戦に囚われラーゲリに死にしたるシベリアの次男を悼む長歌あり
「捕虜の死」「兵はいにしえの奴隷にあらず」「家畜にも劣る」、と空穂歌集は

†

大聖堂・修道院・火薬庫・ギルドの倉庫そしてアールヌーヴォーの旧市
教権も王権も及ばぬ同盟の都リーガは大河に沿いたり

2　ツェーシスの田舎道

木もれ日の森林をバス過ぎゆきて駅前広場に着けば閑散

構内のみやげ売場に荷を預けプチ・ホテルに行きて満室

代りにと紹介されし若者宿、ここも満杯つぎは廃業

荷をとりに戻り宿なきを嘆きたれば、いくらでもあると名刺渡され

電話入れ予約をとれば、近くだが道わかりにくしタクシーで来いと

［集合住宅改造の宿泊所］

畑なかをゆきてほどなく古びたる集合住宅にきて停りたり

ひと部屋を外からぶちぬきソファー置く改造（リフォーム）のある入口なりき

フロントは廊下のむこう、ガラス戸をあければ机ならべて事務所

このごとき改造ホテルのラトヴィアに急増中と運転手は語り

ＥＵへ加盟せし後の自由化に国内外の観光客がやってくる

鍵（キー）をもらい一階角の部屋にきて病室に似る簡素のありき

［リラの花咲く］

夕刻（ゆうどき）のいまだ陽たかき農道に五〇センチ丈のタンポポが咲き

クローバはやわらかき三葉（みつば）道に敷き春日（ひ）の長きを伸びなやみたり

紫に白とピンクを咲きまぜてリラの花ばな垣根に郁る
花の色をたしかめなんと他家に入り観察しおれば犬に吠えられ
黄の色のリラめずらしくのちの日に絶えてこの花みることのなし

†

ボルドーの白ワイン一本テーブルに、町に買いたるバーゲンなりき
バルト海の鮭燻製に鰊酢漬け、キウリのピクルスに玉ネギを和え
ガラス張りの窓辺陽たかくライラックの花房が垂れすり寄っている

3　ヴァルミエラ

バスにきてヴァルミエラの町モダンなり今次大戦後の復興という

民宿をたずねて来れば森を背に木造二階建ログハウスなり

入口に「ドイツの皆さん歓迎」とあり若きマダムをドイツ人と知る

日本人大歓迎と屋根裏（アチック）の広びろしたるツインを与えられ

［ラトヴィア料理店］

青い空かんかん照りの夕七時公園はずれのレストランに来

松のあるオープンガーデン、地下室にテーブル席のラトヴィア料理店

名物のジャガイモ煮たり揚げたりでソーセージは魚との煮込みなり

バルト国ほとんどワインの生産なくビールの種類多彩にわたる

料理の名しらず魚の名もしらず暮れゆきもせぬ庭にビールをかさね

［鍵のある橋］

緩やかな流れに架ける橋ありていちめんに鍵ぶらさがりおり

結婚の誓いに堅く鍵をかけときおり二人で見にくるという

ＶＩＳＡカードで現金引き出しあれこれとスーパーに入り物色するなり

棚に瓶の並ぶ商標たどりきてグルジア産のワイン見つける

三　エストニア

1　タルトゥ

樅の木の林をぬけて「終着！」と車掌に告げられ汽車から降りる

国境のヴァルガ田舎の駅なりき椅子二つだけのコーヒー店のあり

バス停はと問えば欅の木の蔭にポストが立って「タルトゥ行」とある

鈍行バスみどりの畑のんびりと農家の屋根を見せてゆくなり

［大学と公園の町］

大学をもちたる故のタルトゥ市、ハンザ同盟文教都市なりき

緑地帯に画家の即売さかんなりそれぞれ画風にユーモアを盛る

古き街を描（か）く褐色の大型絵、細密画なれど写生にあらず

人びとのテラスに憩う喫茶店、水着姿は浜辺に似たり

公園を流れる川に海賊船、水着の男女手を振って過ぐ

［タルトゥ教会］

煉瓦壁古き教会の椅子にきて朝の祈りに加わりたりき

身廊を支える石柱爆撃に崩れんとする姿残せり

ひときわの声高き司祭ハレルヤに人びと和して連禱ひびかい

花を置き聖職者らの着飾れるミサに時代の過ぎゆきをおもう

ナチス＝ドイツ、ソヴィエト＝ロシアのはざまを生きバルトの人は神に祈りき

［謎の絵］

壺・人形・木箱・織物・傘・杖の間をより分けて出たる絵一枚

背景を金に擬したるチューリップ四輪ひらく赤花なりき

あおみどりの濃淡を見せ平板な七枚の葉が背に立ちており

葉と花弁墨を用いてくろぐろと輪郭とらえたる薄絹の絵

いかなれる絵師描(か)きたるか不思議なる黄金の雄蕊いでて散りぬる

2　首都タリン

デラックス・エクスプレスバス、ノンストップ二時間半のタリン市に着く

フェリー入る港ちかくの「ホテル・ユーロエクスプレス」、バス会社系列なり

船の便ペテルブルクより航路ありてロシア人客多しと聞きたり

大型犬二頭に曳かれ婦人客広いロビーを危く行くなり

［タリン市電］

下町の工場廃されあちこちにブティック、カフェー、レストラン、バーとなり

スーパー型みやげ店にみる品揃えロシアで不足するものが読める

海の香のただよいてある道ゆきて闇市に似る一隅に出き

並べたる木箱の上にウイスキー、ウオッカ、ワインを売る男あり

†

丘の下をごとんごとんとゆく赤き重厚なる市電（トラム）に乗りてみんかな

車内にて切符買わんと銭かぞえおるときぎぎぎっと、カーブに転倒

［最古の秘薬］

細雨（さいう）ふる丘にのぼれば肌さむく修道院を過ぎてゆくなり

傘をさしヤッケを着たる朝道に気温の変動はげしきを知る

銅製の杯に蛇からむ看板は一四二二年創業の薬局

ユニコーン角の粉末、蜜蜂の黒焼き、ヨーロッパ最古の秘薬なり

だらだらと坂下りゆき城壁の崩れたりにし一隅をもどる

［中世の料理］

広場をもつ市庁舎の裏にエストニア伝統料理店「オルデ・ハンザ」はあり

中世を模したる木造建築の入口に若き猟師立ちたり

一歩入れば光の通らぬ室内を薔薇の花彫るテーブルにみちびかれ

中二階に楽士の席は設けられリュート・笛・つつみ、奏されており

階段を昇りてみれば大広間長いテーブルにベンチがおかれ
数本の太い蠟燭立てられて宴会席の予約ならんか
†
もどりたる席に絵のあるメニューおかれ、料理はすべて往日を復元と
一皿に盛られて鶏腿・茸・豆・ハム・ソーセージ・ピクルス・野菜
薬効あるシナモンビールを飲みたればかすかに甘き蜜入りなりき
はるかなりし中世霧の彼方なる食の豊を想いおりたり
［鷗啼く］
しらぬげに風見の鳥は西を向き鷗ひくくきて空地に叫ぶ

鈍き色とりどりに塗る木造の家屋はかつての漁師村なり

広場（プラタ）と言い、木など植えざる空間をいつくしみおる心根もあり

ぎゃあぎゃあと啼きゆく鳥の影みえて霧寄るごときまた雨となる

白夜くる夕どきなれど暮れゆくかバルチック海の北の国にて

†

ホテルロビー混みくる時間を買物さげエレベーターにもどりくるなり

夕食を部屋にてすません黒パンと魚の燻製とりだしたりき

黒海によりたる国の葡萄酒二本、モルドヴァの赤クリミヤの白

二重窓にテーブルよせれば工場の古き煙突は曖昧なけむり

［滞在証明書］

バスで行きロシアへ渡る便宜をば教えてくれしホテルマンあり

ビザなどのロシア事情に通じたるユースホステル協会へむかい

ビザ取得に滞在証明（レギストラーツィア）の要ありて短期旅行者は難しと知る

ウクライナ

ウクライナ

クリミヤ、オデッサ　二〇一二年五月十一日―六月八日

キエフ　二〇〇九年六月八日―六月二十四日

一　クリミヤ半島

1　シンフェロポリ（クリミヤ自治州の首都）

身のせまきシングルベッドの個室なり、シャワーを浴びてカフェバーへゆく

パン二切れニシンの酢漬け、玉ネギの豊富なるボルシチに白ワインかさね

タクシーに安いところとさがさせて「スポーツ会館」なる宿舎に来つ

［教会残る］

坂をくだり朝の光の残りたる社会主義たりし市(まち)にむかいぬ

レニン通りカール・マルクス通りゆきローザ・ルクセンブルク通りを過（よぎ）る

教会の軒のこしたる一角のありてまばゆき黄金の扉

円蓋の上方に白き自然光、霧あるごとくさしこみており

蠟燭の火を移す人、壇上の絵に深ぶかと口づける女性

［モダンアート］

飲食店ならぶ通りをすぎゆきて公園は不思議なる造形隠しおり

針金の眼に頭なくヘルメットかぶるマントの怪人剣かざす

金属板曲げて左手をバイオリンの形につくり右の手が弾き

百合の弁一片を貌（かお）に見立てたる白銀の二肢ほそくもつれる

廃品の秘めたるいのちを組み立てて恐竜一頭、何の記憶か

帰路に見るスシ・バー「SAMRAI」の看板は、桜と刀に日の丸なりき

［スキティア遺跡］

陽に照りて四角な石組はるか見ゆスキタイ人の砦と告げられ

粗石（あらいし）を積みし築城崩れしを再構したる王宮のこり

石壁に窓の狭きを二つ三つ残したるほかみるものもなし

発掘のなかばに放置されしまま旧墓地残す一隅を見る

ギリシャとの交流ふかきスキティアの新都（ネアポリス）ここに三世紀の栄え

白い道のびゆく先の崖下はふかい林に五月の光

2

アルーシュタ（黒海の港町）

シンフェロをヤルタへむかう海ぞいのアルーシュタの町に鄙の賑い

バスを降りタクシーで来て民宿は海辺ちかくの雑木林にあり

砂利道にそいてゆくときどの家も厚く堅固な鉄扉（てっぴ）をもてる

新しいゲストルームと案内され狭き中庭アイリスの盛り

［療養施設のこる］

海浜のサナトリウムの残れりと聞きて乗りゆくトロリーバスあり

ひるまえの日照る坂道海にむかい下れば野生のバラ咲く林

広大な施設のありて訪えば空室多くシーズンを待つ

ロシア人かつて憧れ療養に保養に訪れし陽光の地なり

磯に出れば宙にむかいて竿を振る男ら幾人（いくたり）か水ぎわに立ち

街道まで登りて帰るかと思いしをアルーシュタへもどるミニバスが来る

［スーパー地下へ］

夕ちかき買物客にまぎれ入り大型スーパー地下にむかいき

蝶鮫の五〇センチが水槽に生きて七匹、焼いて食うのか

蝶鮫のはらごの缶詰積みてあり購(か)わんとせしがやがて止めたり

燻製の魚類多かりタイ・ニシン・サケ・サバ・サンマ、柳葉魚(シシャモ)をえらびき

昆布をば人参とともに千切りに漬けたるごとき菜(さい)のあるなり

新酒なれどクリミヤの白一リットル量ってもらい下げて帰りぬ

［クリミヤ問題］

紫の花咲く庭のテーブルにシシャモとピクルス添えてワインを置く

家主(いえぬし)が隣りの椅子に腰かけたりワインを注げば英語を話し

独立まで長きにわたりウズベクに飛ばされおりきと真顔になりて
クリミヤのタタール人将校根こそぎに移送されりと語る長老
ソ連邦崩壊したるなりゆきはバルト三国・ベラルーシ・ウクライナの独立
クリミヤの自治独立は遅れをとりウクライナへと編入されしなり
クリミヤの元来タタール部族にてスラブ民とは異なることを言い
ウクライナ石炭を掘り麦を作る、 クリミヤは香水を作る国なりと
岩山と海にせり出す断崖は平野の地層と異なりたりき

［ドメルドシュ山塊］

ドメルドシュ山岳ツアーをすすめられ英人夫妻の牧場に来る

軽食とお茶をすませば席を立ち、馬か車か、と問われたりにき

ロバならばまだしも馬は危うきぞ落馬の前歴というものもあり

ジープ乗りて奇岩怪石に雲かかるクリミヤ山塊の南面をゆく

山腹に人の形に似たる岩あちこち散りてさまよえるあり

これらみな魔女の呪いにかけられし化石人間と言い伝えられ

3　ヤルタ

レーニンの銅像立ちてのこりたる広場を過ぎて波止場あらわる

長身の帆ばしら綱に支えさせ狭き船着場にヨット寄りあう

紺色の水面はるかを波立てずマストの船ゆく黒海があり

鳥が来る小石の浜はまぶしくて水着姿のちらほら白い

［燕の巣］
ツバメの巣と名のある城を見んと来て定期航路の切符買いたり

港よりポンポン蒸気の船にのり白く泡だつ水緒(みお)ひきてゆく

王冠を擬したる燕の巣高きに雛の嘴宙を向きおり

断崖を手すりによりて登りゆきテラスの城をめぐりて歩む

濃き緑ふかい紺色に移りゆく湾の水をば塔より見おろし

†

茶を終えて浜にもどれば人はなく切符売り場の窓閉じており

船くるも切符なければ乗船のむつかしからん、と相客の若者

ソヴィエト官僚主義のなごりあり、往復切符を買うべきだったと

船着けば一人ずつならぶ乗船に検票なくて船内の精算

青年とヤルタ波止場の夕暮れに笑い交わして手をにぎり別る

†

口にカニ食いたるカサゴ釣り捨ててあるを見おれば、毒ありと言う

竿を振り磯にたつ影あちこちと潮の止まりのエビを釣るなり

［リヴァデア宮殿］

バス路線運行をする相乗りの「マルトルーシュカ」なるタクシーのあり

海見ゆる丘をのぼれば糸杉の木立のありて庭園ひろき

リヴァデアの宮殿たずねる好き日なりヤルタ会談の現場にきたり

窓多き二階建て宮殿、外見の簡素なるべし帝政も末期

アーチ窓左右につらね絨毯の赤く映えたる上方に円卓

スターリン、チャーチル、ルーズベルトら連合軍ここに集いて一九四五・二・四

チャーチルの一人のみかは安堵の笑み記念撮影にのこりてあるは

会談にソ連、対日参戦の秘密協定成立させたり

［アイペトリ岩峰］

クリミヤは山国なりき森深く絶壁そびゆるアイペトリに遊ぶ

森林に影おとしたるロープウェイ籠（ケージ）の移動を見つつ運ばれ

ひろびろとひらけて見ゆる展望台、ヤルタの湾が彼方に浮かぶ

往にし日のギリシャ帆船嵐にあい遭難の水夫らいまもさ迷う

クリミヤの山と海とにまつわりて口碑にあまたひと失わる

カフェに入り辛口という白ワイン嗜むごとく呑みて帰りき

［ヤルタの夕食］

日高ければ洗濯ののちシャワー浴び浜のオープンレストランに来る

ピラフには漬物・サラダ・チーズ添えビールの小瓶一本をとり

むかいなる酒屋のワイン量り売り、グラスに二〇〇ｃｃ持ち込む

風船に顔をかくして現れし幼女に蔭からまじまじ見られ

†

むらさきに燕脂まじえし紫陽花の一枝もとめてテレビ前に置く

モノクロの映像「ナチス最後の日」、ヒトラーはエヴァ・ブラウンを殺害せりき

愛人の首絞めおえて拳銃に己が頭蓋を撃ち果てし総統

大戦にわれらナチスと同盟をもちし国にてあらざりしかや

4

セヴァストポリ

［クリミヤ戦争激戦の地］

タンポポの花一斉に咲きおえて白銀の布遠くひろがり

ゆるやかな野にヒナゲシの紅（くれない）はみだれて傾斜のぼりゆくなり

西の空ようやく茜の雲となり丘の銅像照りかえりたる

水兵は海にむかって咆哮す右手銃挙げ左手〝前方指呼〟

陸兵の突っ込む姿勢が腰を矯め銃を携え突撃の瞬間

熾烈なるセヴァストポリの戦いをロシア開港記念とし残す

夜に向かう瞬時をわずか姿みせ、海空染めて日輪の没

［軍港の町］

翌日のナヒモフ通りは雨もよい折から美術館あるを見て入る

野に灼日照りわたりたる秋景色草木も土も森も燃えたり

横たえし白岩散りて骨となり茜の雲がするどく裂ける絵

†

雨過ぎし広場に出れば銅像のナヒモフ提督海に向き立つ

翼ひらく鷲を飾りて海に立つ碑は沈没させし僚艦らへの挽歌

軍艦を沈めて港を閉鎖する作戦は日露海戦に再現し

5 バフチサライ（王宮遺る）

［農家民宿］

囲いある農家に入りて畑中の離れに三部屋の貸し間あるなり

出でて来し家主の媼にうながされキッチン共用の一室を見る

菜園のかこむ一隅閑静な宿と見なして荷を預けけり

轍ひとつ農村の道に白く見え樹木の中へほそくきえゆき

赤煉瓦の塀を這いたる野茨の淡く花咲く日なたにいでつ

［イスラム墓地］

谷あいの車ゆく道ながく来て切通しを過ぎ検問所に降りる

木木のまに羊歯しげる道ふかくゆき突如あかるき空のひろがり

対岸に断崖のつづき現れて手を加えし跡見えかくれする

いにしえにユダヤ教徒・正教徒・イスラム教徒ら窟掘りて住み

†

歩みゆく繁みのなかに径(みち)消えてイスラム教徒の墓の跡ある

木もれ日に散り散りとなる石片の棺(ひつぎ)の名残りあちこちにみえ

木のもとに掘りいだされし墓碑ならんアラビア文字の石板立てり

いつよりか訪(たずね)る人の稀となり墓所の石門くずれてのこる

陽のかげる湿地をくればマムシグサ赤紫の仏炎苞をもつ

［ハーンの宮殿］

岩の壁切りたちてつらなる下ゆけば路に出店が現れたりき

星へゆくロケットのごとき光塔(ミナレット)がトルコ煙突の間に聳えたち

帰路に出てクリミヤ・ハーン王国の往時を偲ぶ宮廷に来る

過ぎゆきし栄華の証なるべしとハーレム遺す広間をわたりき

飾られし絵にのこりたるアイリスの紺と白きが季節に群れ咲く

こぼるるは「涙の泉」に湧きし水異国を嘆きて逝きしポーランド姫の

［歌声酒場］

ワイン一本ビール二リットル入り瓶で宿の夫婦を庭に誘い出し

鰊漬け茸の瓶詰出しおればサラミ・チーズにピロシキの饗応

この土地で二人暮せる広さという馬鈴薯に豆・野菜などつくり

退職時に政府から支給されたりし国土分配を羨しと思うも

こころみに「カチューシャ」唄えば声合わせ思わざる日よ歌声酒場

「ともしび」を唄えばわれの日本語かれらロシア語の合唱となり

6 クリミヤのペンキ絵

コンクリートの塀に絵を描きつらねたる学校の道を通り過ぎゆき

中学生か高校生ならん描きたるペンキ絵を飽かず見て帰りたり

†

山の雪蹴散らし駆けてのぼりくる灰色の獣ら犬か狼か

大空を猫翼ひろげて渡りゆき得意顔なる髭が六本

青い花大きく開いた蛙の家ちいさい緑の目鼻がみえる

色どりもあざやかな蝶翅ひろげ細いタイツのスカートを穿いて

ブラウスから蔓が腕を出し蔓の髪むすぶところに葡萄が実り

黒い丘の立木に二つ月懸り彼方に薄く陽が沈みゆく

地平線の太陽が光を失えば木蔭の家ら二つずつ目がある

木に眠る母のお腹に立ちあがり子熊は丸い三日月に照らされ

夜の鷹飛びたたんとする森のなか首にすがりて白衣なる二女

水平線にのぞく朝日は黄色くて白い眉毛と睫毛と瞳もち

河流れ対岸に砂州と木立ありて青空に浮く不思議なる文字

青白き氷の山の湖にピンクの花を満載する舟

二　オデッサ

1　ホテル・パサージュ

オデッサの自動車停車場（アフトバクサール）にバス着けば午後二時半の空雨もよい

†

乗れという黒のベンツがタクシーなり、「ホテル・パサージュ」と告げて乗りたり

「パサージュ」、目抜き通りは四辻の一角なりき公園に向きて

「往年の名店」と記すガイドブックあり、この辺で最も安価なりとも

正面に着ける初老のドライバー、ドア開けて立ちわれに一礼

†

明りうすきフロントにきて、部屋代は四千円程なり滞在証明もつく

細いベッド、テーブルに椅子ひとつ置きシャワーはあるも冷蔵庫なし

TVはあるがチャンネルひとつだけ、ときどき瞬時カラーに変り

シャワーにきて使わんとすれば湯が出ない、フロントに問えば水の部屋なりと

稼働する部屋は半数ほどならん多くを休室とするホテルなり

2　ポチョムキン階段

〔劇場〕
方角も知られぬ空に雲きれてオデッサの町晴れてくるのか

公園の出店をすぎてゆるやかな坂道にそうレストラン多し

円形の大型建築なにならん、広き道に出でオペラ・バレエ劇場

耳を立て花模様スカートのバレリーナ、兎の人形作る店あり

〔階段〕
目の下を広き段だん下りゆくは「ポチョムキンの階段」と知る

抗議する民衆にむけ横隊の兵、剣銃を構えて発砲す

泣きさけぶ赤子をのせた乳母車ごとんごとんの音なく落ちてゆき

黒海は階段の彼方オデッサの港より高きに水平線をつくる

水色と白横縞のセーラー服つるして売りおる出店もありて

［オデッサ港］

港に降り連絡船まつ小屋の窓ガラスのむこう人の顔ある

桟橋に白く装える船ありてゆらりゆらりと客を待つなり

船客らちらほらと来てゆきすぎる土産屋の隣に木造の喫茶店

海からの鷗ゆるりとすべり来る数羽を見つつ水辺を去るとし

この沖に反乱のポチョムキン号泊りおりしか一九〇五年

［オデッサの雨］

手をかざして雨雫なりようやくにオデッサの町降りとなるらし

袋から傘をとりだし足ばやにカフェをめざせば街に灯ともり

テーブルにつけば間もなくコーヒーが大きなカップ半分ほど来て

熱湯とクリーム、シュガーにそえられてナッツケーキが二枚置かれる

窓ごしに街ゆく人を眺めればベランダの卓はや濡れており

3

国立美術館

樹木（きぎ）ふかき美術館にきて「伝統の室」と「近代の室」のありたり

人おらぬ近代の部屋にすすみきて布覆いたる数点を見き

体制派と今は排されるいくつかのすぎし栄光を斯く残したる

黒幕の中に住まいて失われし記憶のごとく生きてあるなり

［モルドヴァ遠きか］

ホテル裏、路地にガラスの天井張りレストランバーとする店のあり

メニューに「馬の肉」とある一品をワインと共に注文したり

白い皿に星形の赤身うす切りをならべたるなり、生肉ならず

「モルドヴァの赤」と告げたるウェイターに、モルドヴァ遠きか問いてみたりき

モルドヴァの首都キシニョウ此地よりバス四時間の距離、と応じられ

†

翌朝の呼びしタクシーに、「ターミナル」と告げれば、「何処へいくか」と問われ

「モルドヴァへ」と応じたれば運転手、「ハハ！ヤポニア・サモライ」とわらう

降りぎわに六〇グリヴナ請求され五〇と返せば、これはメルセデスなり、と

オデッサにメルセデスベンツ多かりき馴れぬ車にまたも乗りたる

三　モルドヴァ小旅行

1

首都キシニョウへ

パスポート検査(チェック)をすぎて草の道縫うごとくバス、モルドヴァを行く

丘の間に水草をおく沼あればかすかな雲をかすれて映し

高架線はるかへのびるにしたがいて葡萄畑はひろがりてゆく

巴旦杏(アーモンド)の一樹ま白き花となりようやく民家立ちて見えくる

箱のなかに聖像かざる十字架の数現れて農道に入り

2 キシニョウの市（まち）

新市街へ坂歩き来てアパートを改造したる宿につきたり

荷を解いて人の少なき大通りキシニョウ駅の正面に来る

トロリーバスの停留所に立つ柱時計あかるい空の八時指しおり

駅ホームに緑色の寝台車止まりいて〈Chisinau ↔ St. Petersburg〉と書かれ

†

ひらけたる新市の丘にガラス貼りレストランビルは灯をともしたり

ピカピカにみがきたる木目の床(ゆか)にきてパン・チーズ・ハム・サラダ売り場ある

魚など燻製肉類の煮込あり、モルドヴァの赤は樽から注ぎて

色白き女子店員に笑顔さるルーマニア生れかスラブ系にあるまじ

勘定をすませてセルフサーヴィスの暮れゆく窓にひとり席をとり

3

市内散策

地下歩道ひる小暗きを降りゆきて両側の壁に落書きの廊

生きたるごと描かれ五足の海月(くらげ)おり混沌が支配する背景ありて

暗黒のフード服着た若者が蛸にむかってスプレー吹く図

美しき緑の糞を噴出し桃色の肥満豚が驚嘆する画

†

陽に明るき広場に出れば両腕をひらいて新調の乙女像立つ

何ビルかと寄れば〈National〉の文字のこる荒れにし日本の会社跡なり

中央の市場［バザール］にむかい店多し露店も出でて昼前のにぎわい

豚もつの煮込を小皿に売る店に男の客が行列つくり

サクランボ・イチゴのとなりにキウリ置き双肌ぬぎて声をかけおる

大声で呼びかけられきふりむけば西瓜の酢漬け商う人なり

腰飾りの古風な人形鹿皮につるしてあるを手に触れて見き

［ブールヴァール］
大通りにそいたる緑地あらわれて「勝利の門」をめぐりゆくなり

赤青黄三色の旗かかげたる公会堂すぎ広場となれり

十字架をドームがささえて白い教会六本の円柱を前面（ファサード）とする

公園に苔・羊歯をうえ色錆びて小さな丘ありなつかしみ歩む

傍らに桑の木あれば子供らは登りて桑の実を食みており

［国立美術館］

いくつかの博物館をたずねゆき素朴なる扉の国立美術館に来る

広からぬ陽うすき室に黄金の後光うきたつ人物画ならび

若わかしき戦士の姿に現れて天使の羽根は雲中に立つ

宝石を散らす王冠頭にかざしおさな子抱く白衣のマリア

大きなる冠の人白髭の身には紅衣を肩に二天使

黒ずんだ森の緑に囲われて聖者なるべし部厚き書を開く

飾りなき額におさまり並びたる板絵の数は国宝なりき

［聖ティロン大聖堂］

空青き聖者ティロンの聖堂に下野草（しもつけ）は紅く咲きみだれ

みぎひだり二人のマリアによりそわれクリスト十字の木（ぼく）に架かれる

紙花のアーチの下をくぐりぬけ若き二人が式場にむかい

4

郊外にて

［湖畔公園］

葦のむこう 楊（やなぎ） 新芽を吹きたるが水に灰色の影おとしおり

白い花背高く群れて湧きたつを辛夷（こぶし）咲くかと眺めやりたる

相客もおらぬ湖畔のレストランにコーヒーとピロシキの軽食をとり

白壁の窓ぬけ落ちたる廃墟あり巡りてみれど得体のしれぬ

観覧車緩く廻りて土曜日の人びとここに集めおるなり

†

三角に尖った塔と半球のガラス屋根もつ教会のあり

道ばたの横木二本なる十字架に懸かりてクリスト腕細く支え

5 キシニョウ暮る

老人は蜂蜜の瓶をまえに積み椅子にもたれて居眠りておる

娘たち春の香草・花などを片付けおりき帰り支度なり

居住区の裏道をゆけば斜陽きて枝垂れ柳が茫洋と立つ

†

北方に広大な地下の市（まち）ありと聞きしが行くことなくて旅了え

部屋に来てＴＶにむかうひとり酒、丸テーブルをベッドに寄せて

草葺きの民家庭木の葉は落ちて風吹くなかをおみな唄いゆき

モルドヴァの空碧く晴れわたりたり夢はぶどうの野をめぐりたる

四　首都キエフ

1　キエフ市へ

街路樹の緑いろ濃き葉蔭から刺ある未熟な実がのぞきおり

山査子(さんざし)もリラもおわりて教会は葦の若葉を剪(き)って供える

［クヴァス］

駅広場の片辺に寄せる三輪車黄色のタンクを載せて人待ち

タンクより汲みて冷えたる液体を紙コップ片手に客ら飲むなり

黒パンの風味を発酵させたりしクヴァスはウクライナ名物ビール
のどこしに甘しと言いて爽やかな夏の風物を舌に味わう
コップもち壁に倚りたる頬あかき少年遠く見る目をしおり

［学生起業］

「ＵＫＲアパートメント」、看板の店を通りにのぞいてみたり
貸し部屋の仲介業という若者はサーシャと名乗る大学生なり
学生のグループ起業人気にて事務所に男女五人の仲間
落着いた部屋が欲しいと注文にさっそく映像で画面みせらる

ウクラインカ並木通りに面したるアパート5F、キッチン・バス・洗濯機付

南面のリビング広く総ガラス、寝室はクロゼット有で三ツ星より安い

サーシャの車で現地へ即決の、一週間の契約をすませ

2

寺院めぐり

［聖ソフィア大聖堂］

緑色のドームいくつか聳え立つ真白きソフィア大聖堂に詣ず

丘に立ち横木二本の十字架を目近にかぞえあらためて異国

壁面にマリアのモザイク刻まれて一千年の過去遺りたる

［聖ミハイル教会］

外壁の右辺に聖者ら描かれて左辺は革命と飢饉を伝う

灰色の塗りたる壁に窓置きて聖ミハイル教会七つのドーム

華美とまでいうほどのものありたりき絵と彫刻に黄金の阿舎(あずまや)

［聖アンドレイ教会］

金曜のアンドレイ教会いく組か結婚式のにぎわいとなり

緑色の聖衣に金冠の司祭立てば面前の両人声高く誓う

ミサ曲は荘厳に鳴り響きたり一隅の録音テープより

右肩にカメラ担いで友人か近寄りあるいは遠のいて撮る

外光の階段に手をさしのべて花婿ひざを折る図もあるなり

†

左へゆくアンドレイ坂両側に露店のつづく繁華となりて

こまごまと骨董ならべる板の上にハサミ、ブローチ、緑色の兜

声あげてアイスクリーム売る人のとなりクヴァスを飲ます店ある

使徒アンドレイ、ドニエプル河の岸にきて福音を伝えキエフの礎きずき

3

ペチェルスカ大修道院

白壁を金と緑に飾りたて寺院修道院の複合体(コンプレクス)とする

黄金のドームの上に立ちたるは横木二本のウクライナ複十字
剝げおちし壁ぞいの道くだりゆき古い聖堂の広場に出でつ

†

蠟燭を買いて暗黒に細いみち洞窟の内部を畏れつつ歩む
幾つかの聖跡たどる長い道に祈りのことば唱えるひとら
燭の火に照らされ黄金と薫香と聖像聖骸の死者の都なり
聖者らの朽ちず遺りし骸という思えば千年遠き歳月

†

いにしえの城壁にたつ女神像、剣と盾とを高くかざせり

葉いろ濃き六月の森岸(もり)を覆いドニエプルの水ゆたかに浸す

広大なキエフ一角の建築群、「洞窟の大修道院(ペチェルスキー・ラブラ)」と呼びならわされ

4

「国立博物館チェルノブイリ」

地下鉄のホーム深くて急斜なるエスカレータに長き距離ある

上下段に男女の二人いだきあい接吻しつつ降りてゆきたり

駅名のロシア文字をば読み解きつつコントラクトヴァ・プローシェ駅に来る

キエフ市内チェルノブイリ博物館、地図をたよりに尋ねゆくなり

［チョルノブイリスキー・ムゼイ］

駅を出で道の初老に問いかけて、「チェルノブイリ・ムゼウム?・」などと地図をとり出し

「ああチョルノブイリスキー・ムゼイか」と、応えてあゆみ連れてこられき

†

事故当時活躍ありし消防署の改造されて「チェルノブイリ博物館」

クリーム色に飾りけのない二階建て左端の塔に「火の見」残れり

展示されて救急車・装甲車・パトロールカーに「市用」「軍用」「警察」の文字

事故早暁、赤いライトを点滅しサイレン鳴らして行き交いたりしか

母は手を胸に合わせて子は双手を水平にたもつ母子像ありき

［博物館を巡る］

階段の頭上に並べ町村の名札裏から赤線で消され

放射能汚染のゆえに見捨てられし地域の数は五五〇か所

階上の広間に白き文字盤の時を止めたる時計置かるる

爆発は一九八六年四月二六日午前一時二三分四八秒と数えられ

六体の人形空へ翔びてゆくウクライナ人の消防服着て

初期消火なし遂げたりし消防士最悪を防いで命還らず

†

原子炉のロシア製なればソ連政府、ウクライナの操作ミスと逃げたりき

発電所設計に重大な欠陥ありとする国連調査団と対立し

事故当時、温度上昇させる実験を繰り返させおりとの事実もあらわる

†

朱の色に照射されたるリンゴ樹の枯木となりて布・紙切れが実り

木の下に置かれし椅子に人なくて、光のもとの形有るものら消ゆ

木の桶に紅く熟れたるリンゴ盛り、〈放射能〉シール貼り、有刺鉄線に結う

木のボートに種種なる果実積みこんで広間に揺れるをノアの箱舟とする

扉・窓を板で釘付け人住まぬ家など写真にのこされたりき

あわただしき退去を語る靴・人形・教科書・ノート、道に散りたる
非合法に転居先からもどりたる老人の額を刻む黒い皺
†
ホールに来て左は大天使ミカエル、右にゴム製放射能防護服立ち
最奥の〈聖の聖なる場所(サンクトゥム・サンクトルム)〉にテレビ一台、何も映らぬ白い画面流れ
これからの人類がうける災害はもはや数値にあらわしえない
［放射能は拡散する］
死の灰は風に流れて隣国のベラルーシへ黒い雨降らせ
広域の乳牛放射能汚染されミルクが飲めない、ジャガイモがだめ

健全な食物の配給とどこおれば汚染されたるものをも食いき

死の灰を半径一〇キロ―二〇キロと円に囲うことはできないのだ

［放射能は生存する］

鉛にて「棺詰め（コフィン）にした」という崩壊炉、核物質は死にきれず放射能が浸出し

被曝小児に甲状腺ガン増加、ソ連政府は事故との関連認めず

ガン一般の増加、死産の頻出、家畜もこれら増大に随う

植物の新芽成長しゆくにつれ異常なる形を人びとは見る

極端なサイエンス分野の専門化はひとの常識（コモンセンス）を覆いてかくす

さもなくば故意に目つむり韜晦しおるにあらずやと声の起こり

†

ウクライナは「博物館」に「国立」の称号を与えたり、開館十周年記念

「ウクライナ」、対「ロシア」との決別に〝クリミヤ問題〟表面化の招来を聞く

5 キエフ郊外

白じろと樺の一木野にあれば空にただよう鳶のあるなり

腰をおろし地採りの野菜商える農民の市（いち）に川魚おらず

黄の煉瓦おおいたる壁の教会に聖画たどりてめぐり歩みき

身罷りし聖母マリアの現れて嬰児イエスを抱く絵のあり

公園のアレクサンドル・ネフスキー甲冑に盾、剣を杖につき

川のべの柳翠にしたたりて動かぬ水に藻草浮きおり

6

シェフチェンコ国立オペラ・バレエ劇場

著名なる文学者の名を冠したるキエフのオペラ劇場に来たりき

演し物はとのぞけば「オペラ・カルメン」の七時からなり天井桟敷に観る

最後部座席なれどもオペラ座はここからよく観、聴けるものなり

笛太鼓、不安な弦にせかされて愛する女を刺しにゆく男

運命という言の葉のあるがゆえ夜ごとカルメンは闘牛士に刺さる

いつの間にオペラファンとなりにしか夏至祭ちかき東欧に居て

†

地下道に花売りあればバラ一本もとめて首をよこにふられき

この地では奇数の花は葬儀用、一本の花縁起わるしと

赤い薔薇二本、クリミヤの白一本抱（いだ）きて広いアパートにもどる

窓をあけ漸く暮れになずみたるウクライナの空紅く燃えており

『バルカン半島より』への地理付図

図1　東欧・周辺諸国概観図

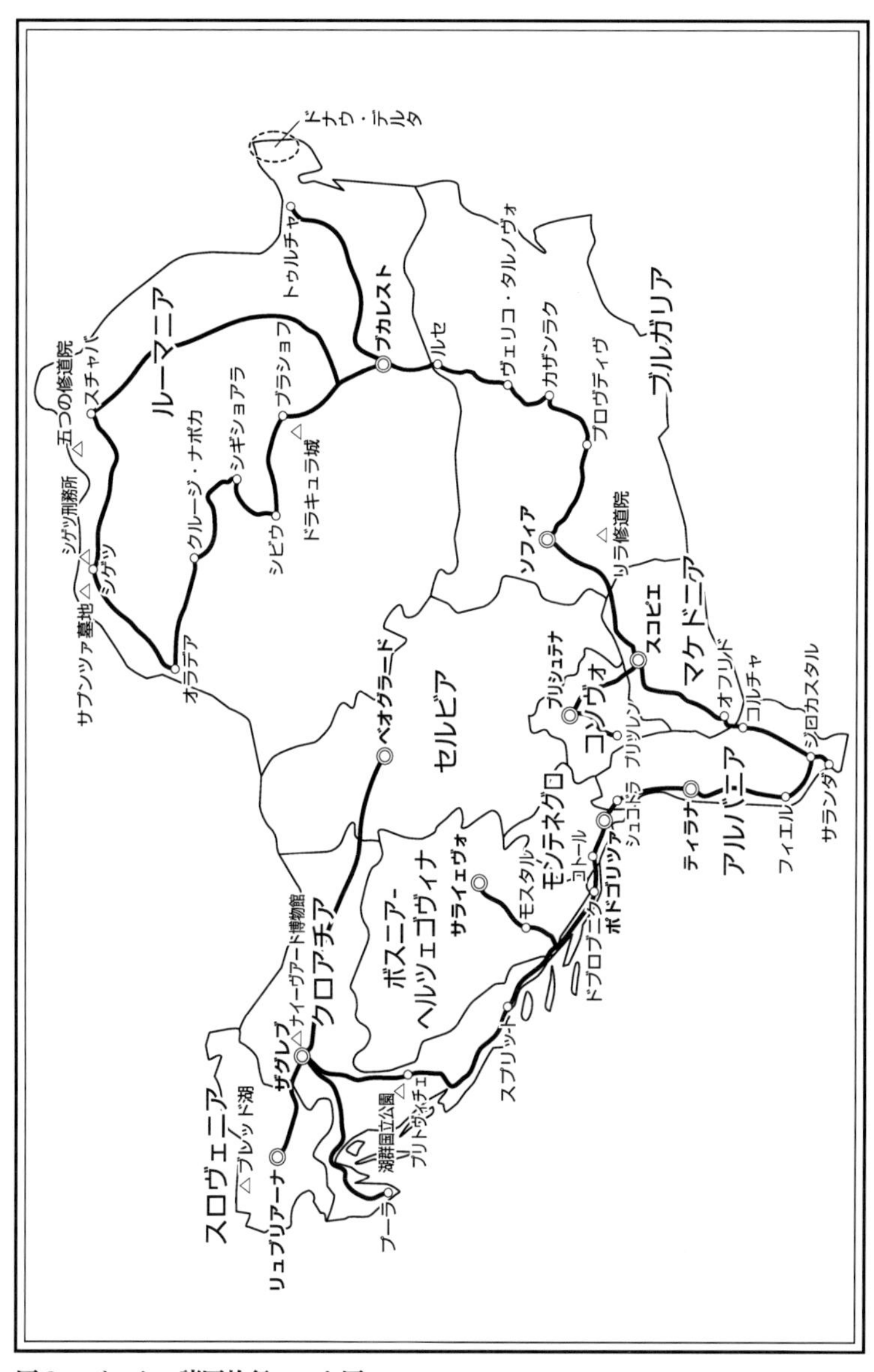

図2　バルカン諸国旅行ルート図

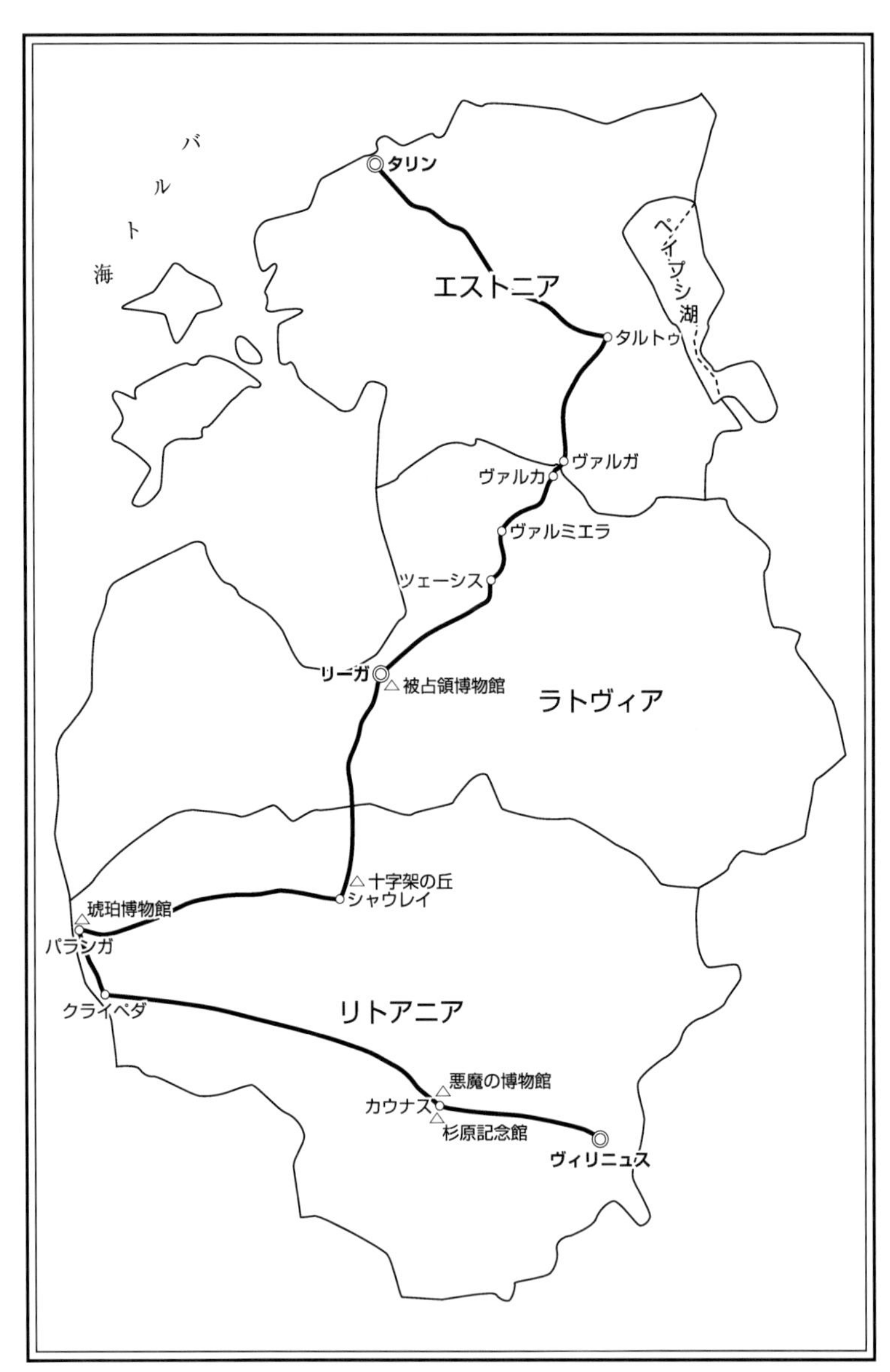

図３　バルト三国旅行ルート図

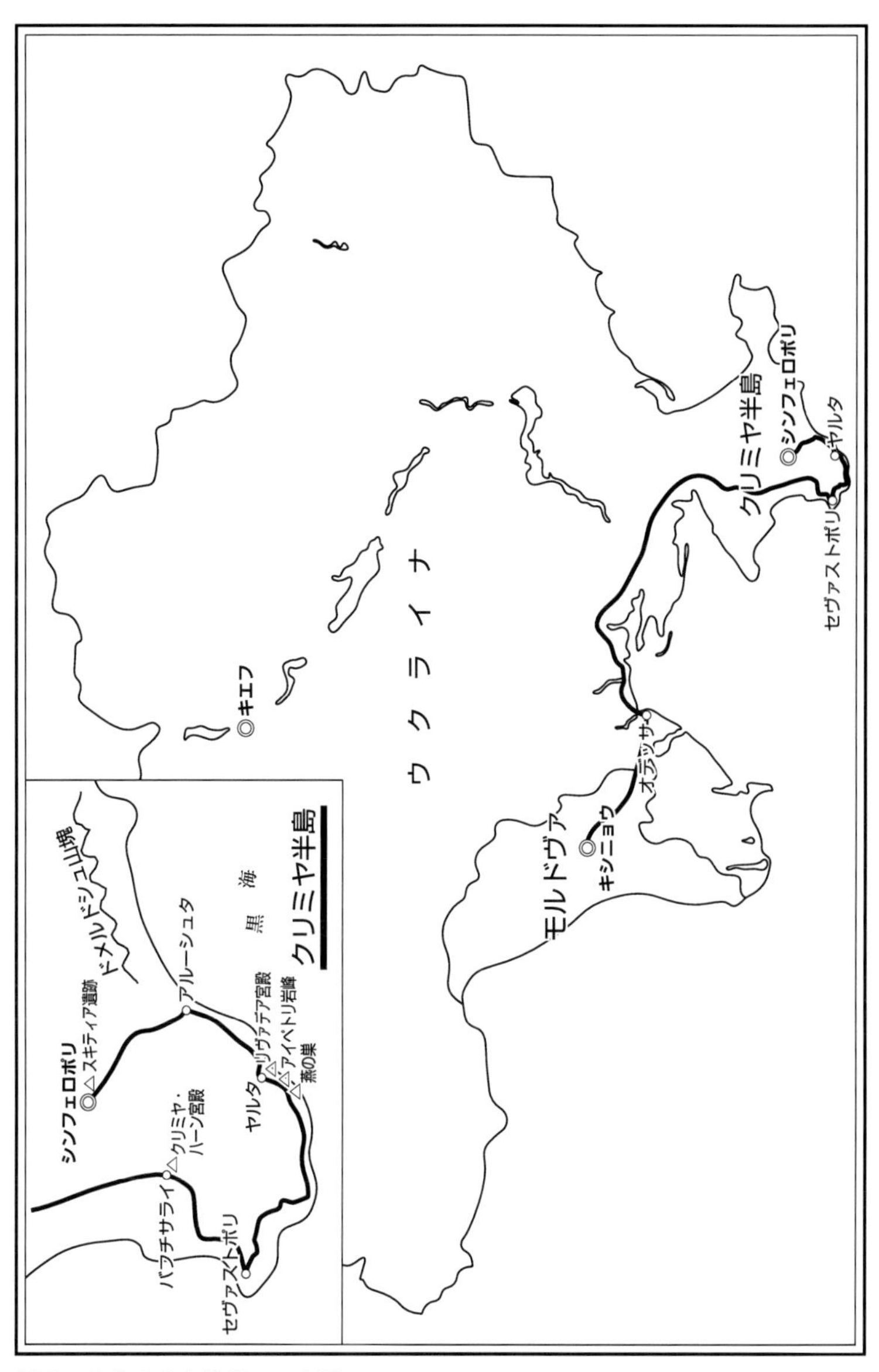

図4　ウクライナ旅行ルート図

後記

二十一世紀の「新体歌」

島内景二

「やまたいち」とは、何とも不思議な名前である。私は長いこと、彼の名前、彼の存在、そして彼の短歌作品が大きな謎だった。『玲瓏』の東京歌会で彼と初めて出会った時、「やまたいち」か「やまたいち」かで頭の中が混乱させられた。やまたいちには、混沌が似合う。カオスを作り出す彼の存在感に、私は危険なオーラを嗅ぎ取った。

彼の歌会デビューに際しては、『玲瓏』発行人の塚本青史から、「この方は言語関係の編集者で、父（塚本邦雄）にも原稿依頼をされたことがあるそうです」という紹介がなされた。「大修館にお勤めでした」という発言もあった。これらを手がかりにすれば、「やまたいち」の謎解きは可能なはずだった。だが、私は、謎の人物である「やまたいち」とは、謎のままで接していたかった。歌会の後の懇親会でも、失礼ながら「インテリやくざ」を思わせる彼からは、離れて座るのを常としていた。要するに、彼の発散するオーラが怖かったのだ。

それから何年も経ったが、彼と私は、歌会で作品の批評をし合う仲に留まっている。日常を描いて読者をどきっとさせる鋭い歌を、やまたいちは提出することがあり、その時は、私は何度も点を投じている。

『玲瓏』には、年間を通しての最優秀作に「玲瓏賞」を授与するシステムがある。やまたいちは、ここ数年、ずっと最終候補に残っている。だが、「玲瓏賞」には今一歩で手が届かず、次席の「緑珠賞」を三年連続で受賞した。その理由の一つとして、銓衡委員の一人である私の「点」が、やまたいちに対して厳しかったことがあるかもしれない。

私は、やまたいちの作風に大いなる魅力を感じる一方で、『玲瓏』誌上で発表されている海外詠の連作が、今ひとつ読み解けないもどかしさを感じ続けていた。彼の海外詠は、和歌・短歌の千四百年の歴史の中で、どのように位置づけられるのだろうか。どうして、ここまで海外詠にこだわるのだろう。

このたび、やまたいちが歌集をまとめるという。しかも、あえて、「玲瓏賞」の審査の際に評価の厳しかった私が、解説を依頼された。私も、もう怖さから逃げてはいられない。いよいよ、「やまたいちの謎」を解かねばならない切所（せっしょ）に立たされた。

真剣勝負の「解題」を書くに当たって、送られてきた歌稿に書いてあった住所と名前から、「やまたいち」の本名が「山本茂男」である事実を初めて知った。その名前で検索すると、彼が『月刊日本語論』（山本書房）という雑誌を編集・出版していたことがわかった。その第二巻第一号（一九九四年一月）に、塚本邦雄は「玉藻よし讃岐」を掲載している。

また、山本には『編集後記　「言語」の相のもとに』（一九九二年、木本書店）という単行本があることもわかったので、早速、古書店で入手した。大修館発行の雑誌『言語』の編集後記や書評を集成・加筆したものだった。彼に将棋関連の仕事があったことにも驚いたが、巻末に記された「回想……あとがきにかえて」という自伝には、文字通り圧倒された。すさまじい社会体験の持ち主であり、それを乗り切ってきた自信が、彼のオーラになっているのだと納得された。彼が若い頃に詩集を刊行していた事実も初めて知った。

「やまたいち」は、言語、中でも英語の専門家であった。だから、世界中のどこへでも単身で飛び込めたのである。だが、それだけでは謎は解けず、いよいよ深まるばかりだった。ところが、七百五十首を超える『バルカン半島より』の歌稿を読み続けるうちに、「やまたいち」という謎の人物の周囲をぶあつく覆っていた霧が、徐々に晴れてくるのを感じた。歌集を読むことの最大の効用は、作者と読者が率直に対話できることだ。対話こそが、相互理解を可能にしてくれる。心を開いて、語り合える。

思った通り、歌集『バルカン半島より』は、世間にありふれている「海外旅行詠」ではなかった。読了した直後の感想は、「これは、『旅の絵』の集成なのだな」というものだった。一枚や二枚の絵ではない。七百五十枚もの絵の連作によって、旅人である「やまたいち」の「気持」が明らかになってくる。堀辰雄の『旅の絵』は饒舌で主観的、かつ病的であるが、やまたいちの『バルカン半島より』は直截的で単刀直入であり、叙事的、健康的である。やまたいちは、写真で一瞬を静止させて切り取るのではなく、一首で一枚の絵を描く作業を無限に連続させて、「時間＝歴史」を捕捉した。

そのスケッチ集の「絵解き」を目的とするのではなく、それらの絵が内包している「謎」についての理解を深めたい。以下は私なりの、やまたいちの描いた「歌の絵」の鑑賞紀行である。

海外旅行を趣味とする現代人は、多い。だが、海外旅行を「自分の宿命」ないし「自分に課せられた責務」だと自覚している人は、少なかろう。『バルカン半島より』には、作者が六十八歳から七十五歳までの旅が詠まれているという。西暦二〇〇五年から二〇一二年までである。

世界史と現代文明のひずみが噴出しているバルカン半島、バルト三国、ウクライナは、言わば「人類史の活火山」である。普通の人間ならば危険に脅えて足がすくむはずなのに、波瀾万丈の社会体験から得られた凄まじい胆力と、鍛え上げた英語力を武器に、やまたいちは混沌の中心へと飛び込んでゆく。現地の人々と交流し、共に酒を飲んで相手の本音を引き出す。彼の旅は、火山の噴火口の周囲、すなわち「剣が峰」を歩く「お鉢周り」にも似た危険な行為であり、だからこそ崇高な宗教行為ともなる。この歌集には、「祈り」の心で描かれた「絵」が、何百枚も陳列されている。編集者であるやまたいちは、混沌とした世界文明の現状を、彼のスタイルで「編集」しているのだ。

教会や修道院を詠んだ歌が多い。塚本邦雄は、キリスト教の信仰を持っていなかったけれども、人間イエスと、キリスト教文化には深い関心を寄せていた。おそらく、やまたいちも、そうなのだろう。彼の宗教観は、来世での幸福ではなく、現世をよりよく生きる活力となっているように感じられる。

町ゆきて口をあけたるビルのあり鉄骨を裂く空爆の跡　　セルビア（ベオグラード）

これが、巻頭歌である。キーワードは「口」。歌集には、チェルノブイリ原発の事故を詠んだ歌もある。戦争・内乱から人災まで、現代文明が大きな「口」を空けた虚無の正体を、やまたいちは自分の目で見、足で歩き回り、魂で感じて、確認するのだ。

等身の大なる空虚の貫通は手榴弾跡と告げられたりき　ボスニア・ヘルツェゴヴィナ（モスタル）

「空虚」は、「口」の類義語である。人間は、平和な時ですら、心に大きな「空虚」を生じさせる。まして、戦時であれば巨大な「空虚」が口を開ける。その穴が塞がらずに、まだ残っているうちに、そのただ中へ進んで飛び込み、自分の見た光景を「言葉の絵」にしようとする。

バルカンの珠玉のごとき市に来て此岸の謎は不意に放たる　スロヴェニア（リュブリアーナ）

夜店にて「エリヤ」のイコンもとめけりベッドランプに解かん絵の謎　アルバニア（コルチャ）

「謎」は、やまたいち短歌の最大のキーワードである。謎解きを試みても、容易には謎は解けまい。ならば、謎を謎のまま凝視して、安易な謎解きを拒絶することもできる。まさに、謎を謎のままで三十一文字に取り込み、謎を生かし続ける技法。それが、やまたいちの「旅の絵」なのではないか。

ミサを終え正教会からぞろぞろと人出で来しは物語ならず　スロヴェニア（リュブリアーナ）

この歌では、「物語」という言葉に注目したい。やまたいちの「旅の絵」には、「現実を物語に変容させて描いた絵」、「最初から物語のような現実を描いた絵」、そして「物語と現実が食い違っていることを痛感させる絵」の、三種類があるようだ。なお、「夢」も、「物語」の類義語である。

白壁に疵ふかく残す弾跡（たま）のいまだ鮮（あたら）しき戦後十年　　クロアチア（ザグレブ）

クロアチアで詠まれた歌だが、山本茂男『編集後記』の「回想」に記された自伝によれば、日本の「戦後十年」である昭和三十年に、郷里のいわきから上京した十八歳の彼は、疾風怒濤の青春を駆け抜けた。心には、たくさんの「疵」や「弾跡」を受けたことだろう。そして、令和元年を生きるやまたいちの心には、今もなお「鮮しい弾跡」が疼いている。老年期に足を踏み入れても、世界文明の疵を確認することで、青春期の自分の魂の疵を鮮明な状態に置き続けることができる。老年期を生きる自分は、疵を抱えて苦しんでいる。ここに、自分と世界とが共鳴し、激しく共振する。やまたいちは「老賢人」を目指さず、「永遠の青年」たらんとする。

百数う滝と滝壺ひめし峡、雪のまにまに迷宮としてある　　クロアチア（プリトヴィチェ）

キーワードは「迷宮」。「謎」の類義語である。迷宮としての世界。迷宮としての自分。世界の混沌と、自分の混沌が共振すれば、新しい秩序が生まれることがあるのだろうか。

満開の大樹に魅かれ下に立てば花蘇芳（ユダの木）無言に日蔭をつくる　　クロアチア（スプリット）

ユダの花燃えさかる里の教会に糸杉一木くらく耀い　アルバニア（ジロカスタル）

花蘇芳には、この木でユダが縊れ死んだという伝説がある。キリストを裏切ったユダの心こそ、謎であり、迷宮であるのだろう。

いま四月、南斜面の沈黙は独立に身を捨てし霊らの眠り　ボスニア・ヘルツェゴヴィナ（モスタル）

この「絵」によって、彼岸にいるはずの「霊」が、此岸に顕現する。死者たちの霊を顕(た)たせることで、生きている作者の「霊」もまた輪郭が明瞭となる。死者の「霊」が眠っている「墓碑」は、此岸と彼岸の境であり、自己と他者の境であり、戦争と平和の境なのでもある。

浅い川、二つの教えの境とし橋を渡ってひとは行き来る　コソヴォ（プリツレン）

「境」が、キーワード。世界は、何と「境」に満ちていることか。人間(じんかん)至るところ「境」にあらざるは無し。「境」に「かい」というルビを振った歌もある。「かい」は「交」であり、「峡」であろう。二つの世界が交叉する「はざま間」。そこに、やまたいちの目は注がれる。

木の間漏る雨のベンチの横に立ち不思議なる彫刻あかずながめき　ブルガリア（プロヴディヴ）

「不思議」もまた、やまたいちのキーワードである。謎に満ちた不可思議な世界。

トルコ兵を串刺しにせし残虐の鬼の真相ここに明かさる　ルーマニア（ブラショフ）

ドラキュラ伝説の「真相」が、ここに明らかになった。彼は、「超愛国者」だった。「物語」の「謎解き」がなされ、「不思議」なことがもはや「不思議」ではなくなった。本当に？　不思議きわまりない世界の「真相」は、そんなに簡単に明らかになるはずがない。

二重窓にテーブルよせれば工場の古き煙突は曖昧なけむり　エストニア（タリン）

「曖昧」。これこそが、世界の真相なのではないのか。やまたいちの短歌が私にとって謎だったのは、この「曖昧」さが理由だったのかもしれない。

往にし日のギリシャ帆船嵐にあい遭難の水夫らいまもさ迷う　ウクライナ（クリミヤ半島）

「さまよう」は、動詞としてのキーワード。やまたいちが「さまよう」人間だから、「さまよう」人々や「さまよう」霊を、自らの分身として、世界各地で発見するのだ。だから、やまたいちは、旅を続ける。そして、「旅の絵」を描き続ける。

古き街を描く褐色の大型絵、細密画なれど写生にあらず　　エストニア（タルトゥ）

エストニアで詠まれた歌である。やまたいちの「旅の絵」もまた、細密にして写生ではない。だから、『玲瓏』に作品を発表しているのだろう。エストニアのタルトゥでは「謎の絵」というタイトルの連作も詠まれている。「謎」は彼の短歌のキーワードである。
「クリミヤのペンキ絵」では、中学生か高校生かがコンクリートの壁に描いたペンキ絵が、十二首にわたって歌われている。まさしく、「旅の絵」である。

大空を猫翼ひろげて渡りゆき得意顔なる髭が六本　　ウクライナ（クリミヤ半島）
河流れ対岸に砂州と木立ありて青空に浮く不思議なる文字　　ウクライナ（　同　）

これらの歌は、ペンキ絵の図柄を忠実に再現しているのだろう。その結果、シュールな絵が完成する。「細密」なれど「写生」ではない、数々の絵が。写実でもなければ、幻想でもない。では、何なのか。
歌集の最後近くに、キエフで観たカルメンのオペラの感想が歌われている。

運命という言の葉のあるがゆえ夜ごとカルメンは闘牛士に刺さる　　ウクライナ（キエフ）

「運命」。毎晩、オペラの上演ごとに、何度も刺され続けるのも、運命。たまたま、旅の途中で、一度限りの演し物（だしもの）を観るのも、運命。旅を終えて日本に戻るのも、運命。帰国してすぐに、新たな旅に憧れるのも、運命。そして、言葉で絵を描いた歌を歌い続けるのも、運命。

ところで、旅に生き、旅に死んだ漂泊の俳人・芭蕉の辞世を用いた歌がある。芭蕉の運命は、やまたいちの運命とも重なる。

モルドヴァの空碧く晴れわたりたり夢はぶどうの野をめぐりたる　ウクライナ（モルドヴァ小旅行）

かくて、やまたいちは、世界各地をさまよい、「旅の絵」を歌う。芭蕉が『おくの細道』の推敲に心血を注いだように、やまたいちも自らの旅の絵に、手を入れ続けた。そして、このたび歌集にまとめあげ、大きな夢の絵を織りなした。

ここで、私の問題意識を述べさせてもらう。千四百年の歴史を持つ和歌・短歌史の中で、「やまたいちの短歌」は、どのように位置づけられるのだろうか。この歌集の読者は、次から次へと展示される絵画群を見るような思いにとらわれる。それが、車窓からのパノラマと似ているようにも感じる。そう、これは、現代の『鉄道唱歌』なのだ。

新体詩の代表者の一人が、大和田建樹。その大和田の『鉄道唱歌』（『地理教育鉄道唱歌』）は、七五調で、エンドレスに続いている。全部合わせると、四百番近くにものぼる、大連作である。「新体詩」は、古典和歌から近代短歌への移行期に出現した。そして、古典の伝統を残しつつ、新しい詩歌の黎明を告げた。やまたいちの『バルカン半島より』は、二十一世紀の「新体詩」、厳密には「新体歌」なのではないか。近代短歌と現代短歌の伝統を踏まえつつ、未来の詩歌を模索している。

中世の『梁塵秘抄』が確立した「今様(いまよう)」は、「五七五七七」の和歌に対する「新体詩」だった。七五調ではあるものの、「七五」を四回繰り返すのが基本で、長さの限界があった。それを、無限に連鎖できるように改変したのが、明治の「新体詩」である。さらに、それを、「五七五七七」の音律が無限に長編化できるように設定し直したのが、やまたいちの海外詠なのだと思われる。

やまたいちの新しい定型詩は、古い世界の崩壊と、新しい世界の誕生をつぶさに見届けようとしている。『鉄道唱歌』が歌う鉄道の旅には、始発駅と終着駅がある。やまたいちの新体歌の始発駅は、「旧世界」と「旧時代」、終着駅は「新世界」と「新時代」。その途中で、各駅停車を繰り返しながら、やまたいちは「今、ここ」を生きてきた。

始発駅は「やまたいち」、終着駅も「やまたいち」。だから、読者の始発駅と終着駅も、「読者自身」である。この歌集を読み始める前と、読み終わった後で、読者の世界認識と自己認識が少しでも変貌していたら、やまたいちの戦略は見事に成功したことになる。

いざ、「新体歌」の世界へ、出発進行!

（しまうちけいじ　文芸評論家・電気通信大学教授）

マニエリスムの短歌　塚本邦雄と吉田正俊

やま　たいち

1

「塚本邦雄の歌は、マニエリスムですね」と、告げてくれたのは、吉田正俊先生であった。もう昔のことである。塚本邦雄の人気が急上昇し、書店に新刊が部厚く平積みになった、たしか一九七〇年代初である。

吉田先生は当時、共立女子大で英文学を講じておられた東京文理大出の方で、同姓同名の歌人とは別人である。よく神田神保町の喫茶店に誘われて、お茶をご一緒した。髪をきちっと七三に分け、ポマードで整髪し、香水をいつも身に怠らないダンディで、軍歴を陸軍近衛中尉という。手紙の署名の側に、戯れでよくそれを書き添えたものをいただいた。

終戦後もインドネシアに残って、BC級戦犯弁護のため、現地語で通訳をつとめたという。情報将校でもしておられたのであろうか。近衛というのは、専ら皇居を守る任務だと思っていたが、戦争末期、南方へかり出されたのであろう。近衛兵の典型のような、長身で、がっしりした体格をしておられたが、決して言葉を荒立てない物おだやかな人だった。オスカー・ワイルドらイギリス世紀末文学およびその周辺を専門としておられたが、多言語を操るいわゆるポリグロットで、西欧の文化、とりわけフランス・イタリアの文芸・美術には深い造詣を持っておられた。

さて、吉田先生は塚本邦雄の歌が「マニエリスム」だと言われたのだが、そのときの私には、そのことがよくつかめないでいたのだった。

マニエリスム、maniérism はフランス語で、もとはイタリアの美術用語 manierismo のこと。「一五〇〇年代初期イタリアに起った絵画運動で、複雑なラファエロやミケランジェロの画風の模倣をめざしたもの」と伊和辞典にあるということなども、後で調べて知ったのである。

　これに相当する英語はmannerismだが、「マナリズム」ないし「マンネリズム」のことで、一般に、「型にはまった技巧（主義）」を言う。

　十四世紀ごろから、イタリアのフィレンツェに興ったルネサンスは、ボッテチェリで完成し、レオナルド（ダ・ヴィンチ）、ミケランジェロのいわゆる「一五〇〇年代」で最高潮に達する。

　概略だけを追うことになるが、文芸復興と呼ばれヨーロッパ全土を覆う勢いとなったこのルネサンスが急激に退潮をみせるのは、ルターの宗教改革が原因である。教会に、父や御子や聖母や聖人・殉教者の像を描いたり並べたりするのは偶像崇拝だ、好ましくないということになった。この影響で、絵描き職人たちは教会という伝来のパトロンを失い、世俗の人物の肖像画や、静物や風景を描くより他はなくなってしまうのである。写実に巧みなラファエロの技法が、好んで模倣されたものらしい。

　しかし、やがてカトリック側のまき返しが起り、旧教派が息を吹き返す。反動宗教改革（カウンター・リフォーメーション）である。絵師たちも、再び教会で絵を描くようになった。この期の美術を「バロック」と呼ぶことは、教科書にも書いてあるが、時代はすでに十六世紀へ移っている。

　そして、このルネサンスからバロックへの不安定な移行期、主にイタリアに現れた芸術の傾向を、マニエリスムと呼ぶのだという。

2

吉田先生は、塚本邦雄の歌をマニエリスムに属するというのだが、どうもそれが単純に「技巧的」という意味だけではないらしいのである。話を聞いていて、そう察しがついた。もうすこしくわしく、マニエリスムについて知る必要がある。

　ちょうどその頃、私は社に提案して創刊させたばかりの月刊雑誌『言語』の編集担当をしていた。そこで早速、「マニエリスム」について存分に筆を振って頂くよう、改めて先生に依頼したのだった。

　それが、第一回を一九七二年八月号とする三回物「マニエリスムと言語」であり、これはその後引き続き「ドン・ファンの反逆」「タロット・カード」などを含む断続的だが長期にわたる連載となった。これら数編の論考は後に『西と東の狂言綺語』という書名のもとに一本にまとめられ出版されている。

連載の第一回は、マニエリスムが内包する思想の解明であるが、アルチンボルド（一五二六－一五九三）の絵「秋」「冬」（図1・2）を掲げ、まず、マニエリスムの技巧性についての導入部とする。さらにミケランジェロ（一四七五－一五六四）最晩年の未完の傑作と称される「ロンダニーニのピエタ」（図3）を載せ、これと比較するのである。

「アルチンボルドの人物像に秘匿された季節や什器の二重像は、たとえばミケランジェロ晩年の〈ピエタ〉にみられる悲痛に傾く強さとは似ても似つかぬ、〝浅い地点においてのみ〟マニエリスムなのである」と解明されている。ついでに、言語的マニエリスムについても「むべ山風を嵐と言ふらむ」ふうの皮相な遊戯と解されるべきではない、と念をおすこともわすれていない。

図1・2　アルチンボルド『秋』『冬』

吉田先生が塚本邦雄歌に見ようとしたのは、ミケランジェロの「悲痛に傾くマニエリスム」、といったもっと奥深いもののようである。

ミケランジェロの未完の彫刻「ロンダニーニのピエタ」は、古い作りかけの石材を再利用したものらしく、左方に前作の腕が残ったりしていて、一見わかりにくいところがあるのだが、明らかに後方からイエスを抱きかかえようとする母マリアの像である。未完成とは言え、よくみると不思議な構図である。

図3　ミケランジェロ
『ロンダニーニのピエタ』

スカラ版の解説では、「母が子を支えているのか、子が母をささえているのか、ほとんど見分けがつかない」と書いている。日本の百科事典（小学館版）の「ミケランジェロ」の項の解説は（ありえないことだが）、「死せるイエスが生ける母を背に負う異例な構図」としている。未完の作という状況から、どこまでを言いうるのか不明だが、吉田先生はここに「悲痛に傾く強さ」をみた。

さらに、「底が見えない暗喩・矛盾・逆説こそ、マニエリスムのめざす〈マニエラ〉（技法・型）である」として、この謎めいたミケランジェロの「ピエタ」をマニエリスムの傑作に位置づけている。

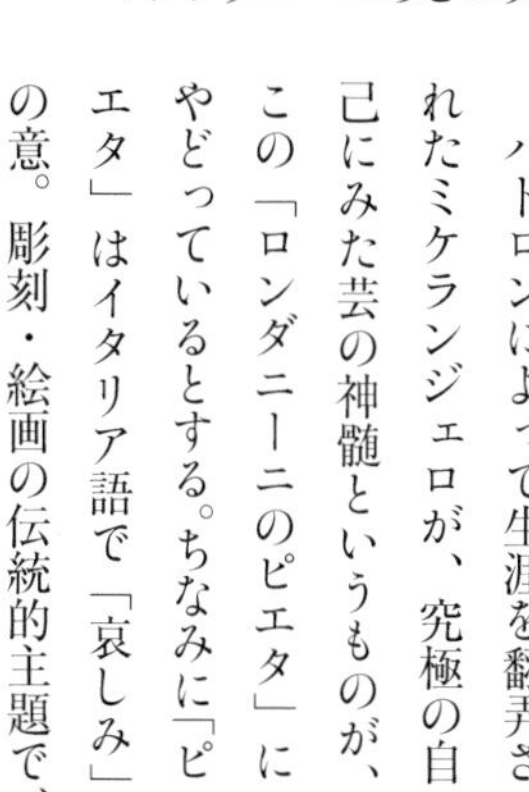

パトロンによって生涯を翻弄されたミケランジェロが、究極の自己にみた芸の神髄というものが、この「ロンダニーニのピエタ」にやどっているとする。ちなみに「ピエタ」はイタリア語で「哀しみ」の意。彫刻・絵画の伝統的主題で、

イエスの遺体を抱いて悲しむ聖母マリア像。「ロンダニーニ」は、かつて、この作がローマのロンダニーニ家に置かれていたところから来ている。現在は、ミラノ、スフォルツェスコ城美術館蔵となっている。

3

実は、美術史でいう「マニエリスム」の兆しは、ルネサンスの最頂期、ミケランジェロを前後する、レオナルド、ラファエロにすでに現れていることを吉田先生は、見逃さない。「ロンダニーニのピエタ」、以前の話である。

レオナルド・ダ・ヴィンチ（一四五二－一五一九）の「最後の晩餐」（図4）における、過剰な弟子たちの動き。そして、ラファエロが「アテネの学園」にみせる遠近法（パースペクティブ）の微妙な狂い。このイタリア・ルネサンスの巨匠が、そろいもそろってその円熟期に示す、「逸脱」もしくは「偏差」の意味するものの正体は一体なになのだろう、と問う。

おそらくこれは、来るべきあるものへの予兆にちがいない。来るべきものとは、それでは、何なのか。

それが、アルチンボルドらの技巧主義的マニエリスムないしマンネリズムだというのが、吉田先生の考えのようである。

その最盛期において退廃の種はすでにやどされるというが、巨匠たちがかいまみせた異常な世界がある。その分裂的構成つまり自己分裂的世界は、やがて次第にその「根源的な意義」（多分、〝問いかけ〟）を失って、脈絡のない並列となり、それが思いがけない風景を作って見せる。そういう時代がやってくるのだ、と言う。

それでは、どんな風にしてその兆はやってきたのか。ミケランジェロを見てみよう。

ルネサンスは、ルターのローマ法王庁弾劾によって終幕になったと言われる。なぜ、法王庁は弾劾されたか、かの悪名高い免罪符発行の故であった。当時の免罪符の口上には、こう書かれていたそうである。「本符は、たとい聖処女マリアを犯した罪であってもそれを許す」、と。法王庁がここまでして現金をほしがったのには、当時の法皇（ユリウス二世）の異常な浪費癖があったと言われる。自分のための豪華な廟（墓所）の建立、かつてない規模の寺院の建立などで、財政が行きづまってしまったのだ。もちろん、自己顕示欲だけではあるまい。カトリックの権威を示すためのものであったとも言えよう。免罪符の発行が法王自らのアイデアだとは思わないが、こんな時、こんなことを耳うちするとりまきが必ずいるものである。

法王の廟や新寺の建築にかかわって、フィレンツェの彫刻師ミケランジェロがローマに呼びだされる。廟をめぐらす四十体の等身大の立像を彫るための石材買付けに、石切場にやられたそうである。一体一体にふさわしい大理石を見定める、専門家の仕事である。この出費だけでも莫大なものであった。だが、廟寺建立の全体の予算に比べれば、これはまだほんの一部にすぎない。

ところが、その後、ミケランジェロの進言にもかかわらず、法皇は言を左右して作業を進める気配が見えないのだという。財政の問題もあったにちがいない。しかし、歴史家は、法皇の気まぐれ（カプリシァス）な気質を指摘している。廟寺の建設地をあちこち変更したことが、作業停滞の主な原因だったという。

そのうちに、ミケランジェロは陰謀にまきこまれそうになり、敵を作ってしまう。危機を察した彼は、どうもロー

図4　レオナルド・ダ・ヴィンチ
『最後の晩餐』（左方半裁図、右端が使徒ヨハネ）

マは方角が悪い、と夜逃してフィレンツェへもどってしまった。そのときに法王に当てて残した手紙には、「もし、ミケランジェロが必要だったら、公式な手続きをして迎えに来られたい」、とあったそうである。

結局、法王はフィレンツェの総督を通じてミケランジェロを連れもどしたが、今度の彼はボローニャに逐われている。どうもローマ方とは、折り合いがわるかったらしい。

ふたたびローマに帰ると、そこの絵師ギルドが当てつけに、システィン礼拝堂の天井絵（図5）をミケランジェロに描かせるよう法王に進言した。彼は、私は彫刻家であり絵師ではないので、と言って辞退したが、法王は無理強いをしたという。

そこで、ミケランジェロは、腹を立てたのか自棄（やけ）になったのか、これを、当時の制作には下働きを使うのが習慣だったが、職人を使わないで、たった一人で、天井から足場を吊ってそこに仰向けになって描き続けたという。仕事中はなかから鍵をかけ、一日を終えると外から鍵をかけて帰ったということである。

このようにして、広壮な礼拝堂の天井に、三百以上の人体描写を含む「天地創造」のフレスコ画は完成した。五年の歳月を費やしたというが、長い時間だったとは言えまい。むしろ、ミケランジェロにして可能な、短期の集中的な制作であったというべきであろう。彫刻の巨匠が描いた稀有の絵画の傑作が、こうして、偶然のようにこの世に遺された。

彫刻は本来、静止したもの、動かないという印象がある。だが、この絵にみる過剰なまでの人物の動きは、何を語るのか。レオナルドが動き出し、ラファエロの線も狂いはじめる。彫刻という手綱を放たれたとき、ミケランジェロは走りだした。これは、初期マニエリスムの爆発ではなかったのか。

生涯を通して、ミケランジェロがローマの処遇にたいしてどのような気持ちを抱いていたか、想像に難くない。「私の仕事は、殆んど全てがなかば強制されたものだった」と、後に彼は述懐している。

最晩年の彼が、おそらくこれが自分の遺作となるだろうという予感のもとに、「ピエタ」の鑿をうちつづけたとき、脳裏に去来したものは何だったろうか。表現の究極ということについてだったろうか。

実は、ミケランジェロは、それとは全く別のものを見、別の音を聴いていたのではないかと、私は想像してみる。それは、法王庁に向って進撃してくる、マルチン・ルターその一派の隊列と遠い足音である。

今までの世界におさまりきれない、何ものかが生じて、動きだしている。これを、自分の表現の中に収めなくてならない。脳裏は、それを伝えようとしているのではなかったか。もともと、レオナルドの苛立ち、ラファエロの不安定も根は同じ時代のものであったはずである。

ミケランジェロは遂に、「ピエタ」への槌をとれなくなった。それから六日後に死を迎えるのである。

図5　ミケランジェロ『システィン礼拝堂の天井絵』

4

一九七二年、私は創刊まもない雑誌をかかえて、関西へたびたび出張している。編集者としての自己紹介。かたがた、執筆者の依頼のためであった。執筆者が東京に偏りがちになるのを、防ぎたいと考えていた。

今西錦司博士の京大霊長類

研究所が、ニホンザルの研究で成果をあげたことが評判になり、河合雅雄・伊谷純一郎といった人たちが注目されていた。私は、人類が言語を獲得する過程を、霊長類の進化史的に位置づける特集を進めていたのだった。

そんな頃の初夏のある日、吉田先生の勧めで大阪の塚本邸を訪問している。折をみての執筆の依頼であった。その時のことを書いておこうと思う。

私が持参した雑誌をぱらぱらと繰っていた塚本邦雄の手がはたと止まり、「この人、どこで知りましたか」と示されたのは、毎月半頁のコラム連載とした短歌の現場「工房ノート」の筆者、「我妻泰」であった。

言語学の雑誌に、我妻泰の名前を見て塚本氏はちょっと奇異に思ったのだろう。私は家人から借りた歌誌『未来』の中で彼の名を見て知ったことを率直に述べたのだが、「そうですか」と軽くうなずいただけだった。当時まだ無名に近かった（そう私は思っていた）、我妻泰を私が編集する新刊の雑誌に、短篇ながら連載に起用したことにいささかの自負があったのだが、塚本氏がすでにその名を知っていたことに、ちょっと驚かされたのは事実である。

もともと言語学的専門臭のある雑誌で、直接、文学に関する記事は少なかった。だが、金子光晴、吉田一穂のエッセイや詩論をのせたこともあり、こういうことはめずらしくはなかった。共立女子大・吉田正俊の論も文芸学の立場から言語に関わるという見方であった。

その頃、第二次『ユリイカ』を創刊し成功させた青土社の清水康雄氏は、私の貴重な相談役であった。めったに筆をとらないこの人が、特集「詩と言語」のときに一文を寄せてくれている。

後になって、塚本邦雄著『定型幻視論』で、そのときすでに我妻泰について触れられていることを知った。結社「未来」のすぐれた作家たちとして、「太宰瑠維・吉田漱・高浜平七郎・山口智子・黒田陽子・鈴木恵三・我妻泰・香取静枝」の八氏の名を掲げているのだが、その二頁ほど後に改めて、「『未来』の今日の新しい作家として僕の興味をもつのは我妻泰」だと特筆しているではないか。

この我妻は、後の田井安曇（あずみ）で、「未来」を出て歌会「綱手」を主宰した人である。そして、私が雑誌でコラム「工房ノート」を二年間つきあってもらった筆者である。

彼の「綱手」に、私は七〇歳のとき入会し、五年ほど指導をうけた。穏やかな人で、歌会の流れでは二次三次会と付き合ってくれた。この人が、「短歌が文学になったとき、短歌はなくなる」と、言っておられた。また、塚本邦雄氏が亡くなったときには、あんなにお世話になっていながら、生前になにもお返しができなかった、と隠された交友を私に語って呉れた。この田井氏も今はない。

塚本邸の帰路は、百合若（ユリワカ）という大きな犬を連れて駅まで送ってもらい、「あれが、なに山」「あれは、なになに山」と、万葉の山々を指して教えていただいた。

私は見本として雑誌を毎月送ることを約束し、塚本氏からは、そのうち書かせてもらいます、という言葉をもらった。

5

塚本邸訪問から三年ほどたった、ある日のことだった。塚本邦雄の秘書兼マネージャーのような人の政田岑生（きしお）氏から、「塚本が、約束があったので、御誌に執筆したいと言ってます」という連絡をうけた。

これが「『ことばあそび』悦覧記」で、第一回が一九七八年九月、ちょうど一年の連載であった。旧漢字の難語（ルビ付）だらけで旧仮名のむずかしい組版だった。歌や詩が三角形や四角形をぐるぐる廻り、更に対角線を行き来するようなものまであって、これは、組版ができないので、写真植字してデザイナーに貼り込みをさせ、それをトツ版にすることになった。活版印刷の時代のはなしである。

今、その内容の一部を紹介すると、「回文」「折句」「いろは歌」「輪状詩」「循環詩」「幾何図形詩」「十世紀のアラベスク短詩」等々。まさに、古今東西にわたる短詩奇想の万華鏡と言うにふさわしい、ことばのマニエラ集である。

塚本邦雄連載は、吉田先生の〝狂言綺語〟に触発された節がある。塚本宅には毎月『言語』誌が送られていた。吉田論考が、当然塚本氏の目に入ったはずだ。こういう記事を見逃す人ではない。あるいは、二人はこの頃にはすでに面識ができ、交友が始まっていたと考えてよい。二人はマニエリスムの詩について、論じつくしていたのではないか。

塚本・吉田両先生がどのようにして出会ったのか、また、どのようにして二人の交際がはじまったのか、実は私は余りよく知らない。

塚本氏は、ひんぱんに吉田先生を訪ねていたらしい。そのことは、私も吉田先生から直接聞いている。また、一緒に上京していた秘書の政田氏からも伝えられていた。その頃の私は政田さんとたびたび接触があって、次に出る吉田先生の本の装幀の依頼にかかっていた。政田さんは、すでに装幀家としても知られていた。

6

多分、もう一九九〇年代に入っていただろうか。塚本連載が終ってずっと後のことである。吉田先生から、「塚本さんを連れてイタリアへ行ってきました」、と報告をうけた。イタリアは、先生の裏庭のようなものである。

その頃のことである。吉田先生の招きで、塚本氏が、共立女子大の講堂で講演をすることになった。演題は「レオナルド・ダ・ヴィンチについて」である。私も招待をうけて、拝聴にうかがった。

レオナルド素描集の中に何気なく描かれた小さな花を、「ニラの花」（花韮）と確認したというのが話の枕で、核心部は「最後の晩餐」であった。

使徒ヨハネについてであり、この最も若い弟子が衆道児であったこと、つまり、イエスとの同性愛について言及するものであったが、聴衆が主に女子学生ということもあって、「エーッ！」という、驚きともブーイングともとれる反応だったことを記憶している。氏独自の研究なのか、他に根拠があるのかは知らないが、案外、ワイルド研究家の吉田先生との共同謀議かもしれないと、そのときは思った。

後年、インドへひんぱんに旅をするようになって、ヒンズー教徒が仏教衰退の一因として、仏教徒の風紀の乱れを指摘していることを知った。

初期キリスト教へ、仏教の与えた影響に関する研究は多いようだが、キリスト教の修道院制度は明らかに仏教の僧院（ビハール）の影響だということである。ヒンズー教が言う乱れとはこの僧院のことで、よく知られる仏陀の愛弟子、美相の阿難（あなん）と師との関係によって象徴的に示唆されるとしたものらしい。塚本氏の意図に、このことが含まれていたかどうかは、今の私にもわからない。

英文学者・吉田正俊と塚本邦雄との親交については、今も語る人がほとんどいないようだ。

7

吉田先生の言う、「塚本歌のマニエリスム」とは、結局、具体的に何をさしたのだろうか。

吉田の贔屓が、ミケランジェロである。一方、塚本はレオナルドである。ダ・ヴィンチの「最後の晩餐」に、マグダラのマリアを登場させてみようか。しかし、それは「悲痛に傾く、ミケランジェロのピエタ」とは、少し趣きがちがうように思える。

では……。低い音で底を這うように唱うMemento moriの歌よりほかにない、と私はおもう。

ほほゑみに肖（に）てはるかなれ霜月の火事のなかなるピアノ一臺　『感幻楽』

これが、〈底が見えない暗喩・矛盾・逆説〉を混えた、マニエリスムの短歌にほかならない、と私は思う（助詞「て」を逆接に読む）。

簡単な実験だから、是非やってみてもらいたい。「モナ・リザ」の絵（勿論、写真でよい）を手もとに置いて、紙片で彼女の両眼の下方を覆う。そしてそれを、少しずつ、上方の両眼に近づけるのが効果的である。モナ・リザの眼は、ほほゑみではない。紙が眼に近づくと、それは「蛇の目」になる。

蛇の喩（シンボル）は、何であるか。

塚本邦雄は、天上を詠わない歌人である。この人が詠うのは、常に現実世界である。そして、ときに、〈悲痛に傾く強さ〉。

提示された歌を、漫然とその光景の範列（パラダイム）だけを眺めているのでなく、そこに隠れた実在間の統辞構造を読み取らねば、歌が了解されたとは言わないであろう。

東欧の遠いくにぐに

〈バルカン半島〉を私が訪れたのは、二〇〇五年のことで、コソボ、ボスニア・ヘルツェゴヴィナなどの戦火がようやくおさまり、観光客が自由に旅行できるようになった時である。

ポーランド、チェコ・スロヴァキア、ハンガリーまでは、会社勤め時代の連休を利用して行ってみたりしていたので、いよいよ東欧の奥地に足を入れてみたいという衝動にかられたのだと思う。本歌集の「バルカン半島」「バルト三国」「ウクライナ」の、そこに何があるのかも知らず、足を向けたのだった。

モスコー乗換のアエロフロート機で、セルビアの首都ベオグラードに着いたのは、三月十三日の午後一時頃とメモ帳にある。まだ風がつめたく、郊外の空地に雪がのこっていた。

宿に入って一息いれ、町のレストランで夕食をしたのだが、通りの様子も料理のことも今はなにも覚えていない。明りの少ない町で、暗いところだった。帰りに角を曲がったら、大きく口を開けたような跡のあるビルに出会い、一瞬、何のことかわからずたじろいだ記憶が残っている。闇夜の中で、灯ひとつない空間がそこにあった。戦争の爪跡である。

さて、旅の初日をセルビアの首都ベオグラードに一泊したのだが、翌日はもう隣国のクロアチアに入っていた。セルビアの滞在を、避けたようなところがある。ユーゴスラヴィア解体後の様子が、つかめなかったのであろう。手持ちのガイドブックの「ローンリイ・プラネット」は、少し古い版で、ユーゴスラヴィアがまだ存在していた。

ともかく、この半島の根っこをひたすら西へ行けばアドリア海に出る。それを南下すれば、突端のギリシャに着くことを地図は語っている。ここは西欧で、安全地帯である。ギリシャの手前を東に舵を切れば、ブルガリア、ルーマニアであった。

ルーマニアは、バルカン半島の東半分近くを占めていた。私は今回の旅から、二〇日間をルーマニア東北部のために割いている。緑豊かな自然の中に古い建物を多く残して、魅力あふれる東欧である。ここは、もうバルカンではないのかも知れない。言語と人種もこの国だけ変っていて、ラテン系だということである。この地方の代表的な町をいくつか掲げておこう。

［トゥルチャ］　ここから、ドナウ河口（デルタ）めぐりのツアーが出る。

［スチャバ］　「五つの修道院めぐり」の起点。教会の外壁には、無数の壁画が残されている。

［シゲツ］　社会主義体制下で、多くの民間人が幽閉され殺された刑務所が残る。スチャバからシゲツまで、汽車は森林地帯（トランシルヴァニア）と呼ばれる山地を通る。

［サプンツァ］　シゲツの北西十二キロほどの所に、「愉快なお墓」と呼ばれる、墓標に楽しい絵を彩色で描いた墓地がある。

［シギショアラ］　中世を残す町。丘にのぼれば、地産のみやげ物などを並べるバザールがある。

［シビウ］　偶然、国際演劇祭に来て、地元劇団の『オセロ』と韓国の『ハムレット』を観る。

［ブラショフ］　「ドラキュラ城」の名で知られる「ブラン城」がある。城主であったドラキュラ公は悪鬼ではなく、熱烈な愛国者だったと伝えられる。

今は平和なルーマニアも、かつては、コムニストとマフィアが結託する陰謀・裏切りが横行したしたところであったという。なぜ、マフィアが共産主義と結ぶのか謎だが、現在、平和の裏で国民は生計の逼迫に苦しんでいる。コミュニズムの置土産は、かなり重いものであった。

＊

リトアニア、ラトヴィア、エストニアのいわゆる〈バルト三国〉は、第一次大戦の混乱およびロシア革命の中から独立した新しい国と言われる。大国ロシアとドイツの間で苦しんだ国は、バルト海のこちら岸だと思っていたが、あちら岸も少なくないようである。たとえば、フィンランドでは、日露戦争の日本の勝利を皆で祝ったという。これを記念して「トーゴー・ビール」が発売された。東郷元帥を讃えたのだそうだ。今度の旅で、フィンランドの旅行者に逢ったのでたずねたところ、もう売ってはいないという。この間まで、あったそうである。

バルト三国の旅は、いたって気楽であった。バスの便が良く道路も整備されている。国も広くないから、移動がきわめて容易。宿がみつけやすい、等々。

南から北へ、リトアニア、ラトヴィア、エストニアと、自然体で上がっていって二二日間の旅であった。日程が余ったので、ウクライナのキエフに飛んだ。キエフは一二泊、その後、フィンランドのヘルシンキに行ったのは、帰国便の都合である。丁度、夏至にあたっていた。

「キエフ」の歌は、クリミヤ・オデッサの歌とまとめて次のウクライナ篇とした。

＊

〈ウクライナ〉は大きな国である。ルーマニアと較べてその二倍ほどあり、この辺で一番大きい。この辺で、というのは、東欧諸国のどの国に比してもと言うのだが、ウクライナを更に東へ行こうとすると、そこはもう、比較を絶する大国ロシアである。

ウクライナは南を黒海に接しているが、その沿岸の中程から胃袋のようにぶら下がっているのがクリミヤ半島である。ウクライナが肥沃な農地であるのに反し、クリミヤは岩だらけの荒れた山地と言ってもよい。一説に、海にあった岩山が陸にくっついてできたとする。クリミヤはロシア革命でソ連邦共和国となるが、連邦崩壊後はウクライナに編入されている。ロシアは、クリミヤを取りもどしにくるかも知れない。

イスタンブール経由で、空路、クリミヤの首都シンフェロポリに来たのが、二〇一二年の五月十一日である。

夕暮の中をタクシーを使い、丘の町の方に向って宿をさがす。安い部屋をというと、連れてこられたのが、「スポーツ会館」なる一泊三千円程度の宿泊所。合宿用の施設で一人部屋の狭いベッドに机一台・椅子一脚、ＴＶはあるが何故か写らない。風呂もあるが、お湯はちょろちょろ。仕方がないから水シャワーを浴びて、カフェーバーで夕食とする。

クリミヤは今、一番良い季節かも知れない。歩いていると、少し汗ばむ感じ。海岸をバスで移動して、ヤルタ、セバストポリと数日かけて過ぎ、やがて山間部に入る。バフチサライと言う所で農家の民宿にとまる。別棟の三室が空いていた。

五月二十八日、やがてオデッサに着く。オデッサ滞在中に、短いモルドヴァ観光をしている。モルドヴァは、隣国であった。

六月八日、オデッサ発―イスタンブール・トランジットで翌日午前、成田帰国。

（この後に続く「四　首都キエフ」は、前に述べたように本来バルト三国の「三　エストニア」に続く旅であった。時系列を崩して、地理的に再構成してあることをご理解いただきたい。）

キエフはウクライナの首都で、古い伝統のある坂の多い都である。深く掘られた地下鉄は、ドニエプル河で顔を出し対岸へ渡る。

散歩のときに貸し部屋紹介所を見つけ、陽当りの良い一部屋の東側が総ガラス貼りという、好条件の一室を借りることにした。アパートの五階である。今居る「ホテル・ルス」は三ツ星の国際ホテルで、悪くはないが、どことなく雑然としているのが気になっていた所であり、いい具合だったと思う。

キエフは、寺院の多い所である。最もよく知られるのは、聖ソフィア大聖堂で、トルコ・イスタンブールのアヤ・ソフィア大聖堂をモデルにしてつくられたという。キリスト教の伝統は古く、使徒聖アンドルーがドニエプルの岸におり立ち、キエフ布教を宣言したことに由来する正教である。

チェルノブイリ原発事故見学のツアー、というのが旅行会社の貼り紙にあった。申し込もうとしたら、滞在証明書が必要だと言われる。それを付して役所に申し込むというのだが、日程が不足のようだ。

証明書は本来、きちんとしたホテルが決まりによって発行するのらしいが、連邦解体以来すべて簡略化して、どこの宿でも発行可になっているという。ただ、きまりが緩くなり、多様化してきて、その分厄介になったということのようである。

ツアーはバスではなく、自家用車のようなものらしい。官庁の担当ガイドが付くのだろう。現場までキエフから二時間という話だった。これを諦めて、市内の「国立チェルノブイリ博物館」に行ってみることにした。旅はここまでである。


〈余録〉


私が海外の旅に憧れたのは、父の影響があるかもしれない。父は第二次大戦前、ロンドン航路貨客船の火夫であった。後年、晩酌ではよく旅の話をしてくれた。アントワープとかナポリとか、港の町の名をなつかし気に口にして、いい父だった。

雨の日の私は、いつもミカン箱一杯の外国の絵ハガキを、飽きもせず、半日かけて見ていた。そんなとき、母も一緒にそばにいることが多かった。この絵ハガキは、私の生地である名古屋市熱田区の家で、空爆により焼かれた。

父の旅も、結局、目的のない旅だったろう。私のものとどこか似ている。金が入るのと、出ていくのとの大きな違いはあるが。

*

生野俊子のこと。妻の俊子が歌会「未来」に属する歌人であることは、初めて会ったときに知った。

一週間ばかり毎夜、短歌と詩の違い、その優劣のようなことを話しつづけたが、結局とらえどころなく、何の収穫といったものもなく、あとに何ものこらなかったという記憶だけある。

この対話はそれで止み、以後、詩歌・文学というものについて語ることは、絶えてなかったように思う。

私の短歌は入門がおそく晩年で、別のところでものべたが、「綱手」にはじまり「玲瓏」にうつり、ここでようやく旅の歌を作ってゆく針孔（めど）をつけたところである。

二人だけの暮しとなり、俊子は車椅子になっている。ハルビンなど、最近一緒に旅をした歌の載った雑誌を見せると、読んで笑っていた。自分ではもう短歌を作らなくなっていた。

今から三年ほど前になろうか、私は急に思いたって、歌集刊行の準備をはじめている。

歌稿をみせると、ときおり、ここはこうする、この漢字は別の字がよい、などと言ってくれた。

灯を「灯（ひ）」「灯す（とも）」のほかに、一字で「灯す（ひとも）」とも使えることを教えられた。「山脈」は「やまなみ」とも言（よ）むことができるが、「山なみ」「山並（み）」とすることもすすめられた。漢字の「浮べる」に「泛べる」を当てることもサジェストしてくれたりした。

この歌は止めた方がいいと言って、×をつけられたことがある。そうかな、と思いつつ削ってみたが、やがて関連の歌を全部おろすことにした。歌作りは年期のいるものだ、と思った。

俊子の母、生野君代は、旧制女子高等学校の教師で、茂吉文明時代の「アララギ」に属していた。

テーブルに原稿を置いて、これちょっと読んでみて、と席を立ってもどってくると眠っている。こんなことが多くなったが、昨年（二〇一八）五月肺炎のため入院し、急逝してしまった。歌集が間に合わなかったのが、残念である。

生野俊子は、第一歌集『四旬節まで』を昭和三十六年に、第二歌集『欅の園』を五十一年に出し、その後は歌集を作っていない。代りに、平成二年『自伝・アフガンの空』を刊行している。

どうして歌集の続篇を出さないのか、と聞いたことがあったが、曖昧な返事である。短歌表現に充ち足りなさ、限界を感じたのであろうか。

いつからか、推理小説の翻訳をハヤカワ・文春・角川など大手版元から出版するようになっていた。（山本俊子の名で出ている。）

今では歌人としてより、探偵小説の翻訳家として知られている、などと本人も言っていた。丁寧な訳というので、評判があったらしい。先年、引越のときに並べてみたら百冊を越えていた。

本書『バルカン半島より』と同時刊行の、歌集姉妹篇『雪蔵より』の後記で、尾崎まゆみ先生が、妻俊子のことについてページを割いて下さっている。そのお心遣いへの御礼をここで申し上げ、彼女の歌につき、私の知るところを付記させていただいた。

＊

このたび、やま　たいち著二冊の歌集を出版することになった。私にとっては、初めての出版である歌集に、どんな思いがこめられるだろうか。そこで、まず、「親しみやすい短歌の本」を作るというのが、当初からの私の作戦であった。

並製（ペーパーバック）のA5判という判型（教科書判と呼ばれたりする）に、通例に反して一頁七首の歌を載せる形式である。一冊二〇〇頁前後で、軽装をめざした。

表紙帯（おび）は、デザイナーにヒマラヤとバルカンのカラー写真を選んでもらった。

歌集の内容については、一巻の歌集を一つの物語りとするのが私の想定で、テーマが「旅」であれば、宿泊や食事と言った日常が、ときに欠かせない出来事として、あるいは状況描写として進入してくる。

その結果、物語り風に文脈（コンテクスト）が自ずと形成され、歌が文脈依存型になってくるというのか、「一首独立歌」の難解が避けられる。読み易くなると思ったものである。

また、ことば遣いを、できるだけ平明に現代風にするようつとめたつもりである。

だが、改めてみると、日本語の生態は現状、他国に例をみない一種異様なものである。たとえば、その表記を見よう。

平仮名（和語）、漢字〈新旧字体の混用〉（漢語・漢音）、片仮名（外来語、擬態・擬音語等）に加え、アルファベット文字の許容という混成の中で、表記は整合性を確立することが出来るだろうか。短歌は生きていけるのであろうか。

短歌という形式に身を置いた以上、歌の風合というか、古体から全く離れることもできないようである。つまり歌は時代の激流（トレンド）に曝し晒される、ということのようだ。

いま、短歌を作ることが、現代日本語の生をつぶさに見つめ、そのありようから己れの生を学びとろうとする行為でないはずはない。言語の生は、ヒトの生に似ているはずだから。

ともあれ、旅の奥行き、ということの描写に心をくだいたつもりである。

歌集の終りに、四頁の「旅のルート地図」を添えてみた。複雑な道のりを、よりよく理解してもらおうとの気持である。

地図の版下は、壮光舎印刷株式会社地図製版部にお願いした。新しい地図を作るというのは、略図といえど、簡単なようで大変なことと知った。関係の方々に御礼申し上げます。

＊

『雪蔵より』『バルカン半島より』の二冊ともに、書籍デザイナーとして経験の深い井之上聖子氏に装幀をお願いした。

私が、並製でこんな風にと言うと、写真を入れましょう、ということになった。歌集二冊の原稿を手渡すと、二・三週間して、カラー版の歌集が装幀見本で出来てきた。歌集の内容を、いい感じで表装にひき出してくれたと思う。また、その後の本文・後記等の割付についても氏の手を煩わせてしまった。今は感謝の言葉あるのみです。

二〇一九年十一月　中旬

著者略歴

本名　山本茂男（やまもとしげお）

一九三六年生れ。

一九六一年三月、青山学院大学第二文学部英米文学科卒業。

同年四月、出版社株式会社大修館書店に入社。月刊誌『言語』をはじめ、言語学および関連図書の企画・編集に携わる。

一九九二年五月、同社を退社。

歌会「玲瓏」会員。

バルカン半島より

二〇二〇年一月二十日　初版発行

著　者　やま　たいち

発行者　國兼秀二

発行所　株式会社短歌研究社

〒112-8652　東京都文京区音羽一－一七－一四　音羽ＹＫビル

電話　〇三－三九四四－四八二二

振替　〇〇一九〇－九－二四三七五

印刷・製本　大日本印刷株式会社

ISBN978-4-86272-637-7 C0092 ¥1500E